# LA FAMILLE

# DE HALDEN.

# LA FAMILLE
# DE HALDEN,

Traduit de l'Allemand D'AUGUSTE
LA FONTAINE.

PAR M. V......

## TOME PREMIER.

## A PARIS,

Chez MARADAN, Libraire, rue Pavée-Saint-
André-des-Arts, n°. 16.

AN XI ( 1803 ).

# LA FAMILLE

# DE HALDEN.

Le major de Halden, en superbe uniforme de hussards, allait franchir le pont-levis de Moorberg ; il arrête tout-à-coup son cheval bai, jette un coup-d'œil sur la porte nouvellement peinte qu'il va passer, prononce un gros jurement, fronce ses noirs sourcils, et entre au galop dans la cour de son frère le chambellan de Halden, qui, vêtu d'un habit blanc brodé, était sur le perron et disait d'un-ton efféminé à l'arrivant : bon jour, mon frère. — Hennig ! dit le hussard à son palfrenier, prends soin de mon bai, il a chaud... Mille complimens, mon frère ; tu es père, tout va bien ? A ces mots, il presse sur son cœur le Chambellan, et le couvre des taches que le mauvais

chemin avait faites à son habit. — Mon
dieu ! cher frère, comme tu m'accom-
modes ! dit le Chambellan ; tu ne songes
à rien. — Diantre ! répondit vivement
le Major, je ne pensais sûrement pas
à ces chiffons qui pendent de tes épaules, mais bien à ton premier-né, à ta
joie d'être père, à ce que tu es mon
frère ; voilà à quoi je pensais, et c'est
pour cela que je te serrais dans mes
bras ! D'honneur, j'avais oublié que
le chemin fût mauvais. N'en parlons
plus, mon cher Christophe…. Que
fait le petit ? — Il reprit alors dans ses
bras le Chambellan, qui se hâta de
l'emmener dans la maison.

Le Major pouvait être comparé à une
figure peinte sur un papier plié : d'un
côté, c'est une tête de mort, un visage
hideux ; de l'autre, une jolie fille ou
un bouquet de fleurs ; pour preuve…,
mais c'est à toi, ami Lecteur, à tracer
toi-même son portrait, lorsque tu seras
plus avancé dans la lecture de cet ou-
vrage ; j'en aurai l'avantage de pouvoir
faire agir et parler mon héros à ma

volonté ; et, avouons-le franchement,
la comparaison de cette double peinture sur un papier plié, n'est pas juste
pour le Major seul, mais bien pour
tous les hommes.

— Mais, mon frère, dit le Major,
au haut de l'escalier, que diable as-
tu fait à la porte de ton château ? Je
n'entends, ma foi ! rien à toutes vos
merveilles, à ces dessus de portes, ces
antiquailles, et tout ce qui s'ensuit...

— C'est justement parce que tu n'y
entends rien, mon frère, que.... Il
faut pourtant que tu chicanes toujours!

—Non ; mais je comprends assez que,
pour un pont-levis aussi vieux que
Gustave-Adolphe, il ne faut pas de
porte chamarrée de jeunes antiques, de
vierges grecques, d'anges à pieds de
bouc, qui dansent autour d'un autel;
bon pour une salle de spectacle ou
pour un lieu de débauche, mais non
pour un pont-levis ; c'est absolument
comme si je voulais faire manœuvrer
un escadron d'hussards avec des para-
sols ! Les éperviers et les hiboux cloués

à cette porte, ne me plaisent pas davantage : il semble que le maître ait
fait afficher là ses armoiries, son chiffre
ou son portrait; eh bien ! les vierges
y conviennent tout aussi peu.

— Alors, demanda le Chambellan
en souriant, que faudrait-il y placer,
mon frère ? réponds un peu.

— Que sais-je, moi ! mais ce n'est
sûrement pas ce que tu y as fait mettre.
S'il fallait nécessairement de la peinture,
j'aurais fait dessiner sur la porte le trait
du Samaritain compatissant et j'aurais
fait ajouter · Ici demeure un second
Samaritain. Mais non, ce serait paraître s'énorgueillir de ses propres
œuvres ; d'ailleurs, où demeure un
Samaritain, il n'est pas besoin d'en-
seigne pour l'indiquer.... Qui est donc
le compère ?

Le Chambellan lui nomma le parrain
et la marraine, et l'introduisit dans
l'appartement de l'accouchée ; le Major
fit à la gisante un petit salut, et murmura quelques mots, que l'on aurait
pu prendre pour : diable emporte !

aussi bien que pour : comment vous portez-vous ? Alors, il courut au berceau, prit l'enfant dans ses bras, et après l'avoir considéré avec bonté, le serra sur sa poitrine. — Avec votre permission ? demanda-t-il timidement à sa belle-sœur. Elle fit un signe gracieux d'approbation, et dit : j'espère, mon frère, que vous regarderez cet enfant comme votre fils.

— Vraiment, ma sœur ! l'osé-je ? s'écria-t-il avec joie, et il s'avança avec l'enfant jusqu'auprès du lit : Sois doublement et mille fois le bien-venu dans ce monde, où tantôt les orages menacent l'homme vertueux, et où tantôt le soleil lui sourit : jeune homme, deviens bon, alors tu ne craindras plus les orages ; ils ne seront pour toi qu'un peu d'absynthe dans du miel, et à la fin tu trouveras un asyle dans la tombe, comme déjà tu en as trouvé un dans le ventre de ta mère.

Madame de Halden branla la tête, avec un doux sourire, et balbutia ces mots : si vous pouviez vous défaire de

ces expressions, mon cher frère ! —
Le Major replaça vîte l'enfant dans son
berceau, et dit avec un peu de timidité : me serais-je par hasard servi de
quelque mot impropre ? — Elle lui
frappa amicalement dans la main, et
répondit : doit-on dire si crûment :
dans le ventre de ta mère ? — Le Major
réfléchit un moment. Diable !.... ma
parole ! je ne sais comment il faudrait
dire mieux : ma sœur, je vous donne
pourtant volontiers raison, car il ne
faut pas vous affecter ; mais en vérité,
j'aurais·été bien embarrassé pour dire
cela autrement.

— Dans le sein de sa mère', aurait
été déjà plus délicat, reprit madame
de Halden.

— Oui, votre très-humble serviteur !
à peine l'enfant est-il là, il y a déjà
nécessité ; ce n'est pas ce que je voulais dire : mais soit ; je remarquerai
cette expression, quoiqu'elle ne me
paraisse pas tout-à-fait juste ; ainsi,
dans le sein de ta mère ! allons, Dieu
bénisse les nouvelles inventions !

— Vous êtes bien vif, lui dit madame de Halden, en lui tendant une main qu'il baisa ; puis il alla près de son frère et lui dit : tu devrais prier Dieu que ta femme vînt en couche tous les jours ; car aujourd'hui , c'est un ange de lumière.

— Je te le dis , mon frère , tu ne connais pas ma femme ; prends garde, tu pourras bien apprendre à l'aimer.

— Mon cher Christophe.... mon frère , voulais-je dire : de tout mon cœur ; si seulement elle veut m'en enseigner la manière.

On en vint au second point : quel nom devait porter l'enfant ? Cette matière donnait de l'inquiétude à la mère, car le Major avait souvent prétendu que le parrain devait donner le nom à l'enfant, et il n'était point du tout délicat sur le choix des noms. Il appelait encore souvent son frère, Christophe, parce que c'était le nom qu'il lui avait donné dans son enfance ; et malgré l'aversion que témoignait fréquemment madame de Halden pour ce nom, il persista cependant toujours à s'en servir. Un nom est un nom, disait - il, et Christophe, ajoutait - il quelquefois, sonne mieux à l'oreille que Charles, Edouard et François, les noms favoris de Madame. Ils eurent souvent tous les deux de vives discussions à ce sujet. Madame de Halden préférait certains noms puisés dans les romans, et le Major tenait pour les siens, tirés des événemens dont il avait été le témoin ; il aimait les noms de Frédéric, de Pierre, de Christophe et de Hennig : son roi se nommait Frédéric ; Pierre, avait été le nom de son père ; son frère s'appelait Christophe, et Hennig.... mais ce nom exige le récit d'une aventure que le lecteur connaîtra bientôt.

Madame de Halden aurait de suite proposé le nom qu'elle desirait, si elle n'eût pas cru devoir ménager le Major sur cet article. Cet homme était fort riche, et quoiqu'il fût encore dans le bon âge et très-dispos, il était pourtant à-peu-près déterminé à rester dans le célibat., parce qu'il ne pouvait trouver de fille qui s'accommodât de son humeur un peu grecque. Il ne convenait pas de l'indisposer contre son neveu, dès sa naissance ; c'est ce que sentait la prudente belle-sœur. Il ne pouvait absolument souffrir le nom de François, parce que, depuis la guerre de sept ans, il. avait une antipathie naturelle contre tout ce qui était autrichien ; il n'était pas habitué à celui d'Edouard, parce qu'il ne lisait pas de romans, et tout ce qu'il savait de l'histoire d'Angleterre, c'est que le roi s'appelait Géorges et qu'il était chef d'un parlement ; celui de Charles lui paraissait fort bon, mais il branla pourtant la tête, lorsque l'idée lui vint que ce mot ressemblait à celui de drôle (1), qu'il n'employait que dans la colère.

Dès avant midi, madame de Halden aborda la question relative au nom de

_____

(1) Karl et Kerl, sont deux mots allemands assez ressemblans ; le premier signifie Charles, et le second signifie Drôle.

son fils, et quelques dames du voisinage devaient appuyer ses prétentions:
on s'assit en demi-cercle autour du lit
de la gisante. — Mon frère, commença
la Dame, quel nom avez-vous destiné
pour mon fils? — Le Major sentit bien
qu'il allait s'élever une dispute, il releva ses moustaches avec ses doigts et
dit sèchement : pour que je puisse
aimer en père cet enfant, il faut qu'il
s'appelle Hennig.

— Hennig! s'écrièrent à-la-fois toutes
les dames; mon dieu! quel affreux
nom! Hennig!

— Pourquoi serait-il affreux?

— C'est qu'il n'y a que les gens du
commun qui le portent, dit madame
de Halden; oui, les gens du plus bas
étage.

Le Major se frotta le front : il avait
pris la résolution de donner cette fois
raison sur tout à sa belle-sœur; mais
cela lui paraissait pourtant trop fort.
— Les pauvres gens! murmura-t-il,
ne doivent-ils point partager un peu
avec nous une minutie? et doivent-ils

tout-à-fait oublier qu'ils sont nos proches ? — Il boutonnait et déboutonnait les cordons de son uniforme, et tâchait de sourire, malgré le poids qui l'oppressait.

— Mais, mon cher Major, s'écria son frère, dis-moi un peu, pourquoi cette prédilection pour un nom si singulier ? Passe pour ceux de Pierre et de Christophe ; est-ce que quelques-uns de tes parens se seraient appelés Hennig ?

Le Major fronça et déploya ses noirs sourcils. — Oui, dit-il enfin après un moment de réflexion ; je vais vous conter tout ce qu'il en est. Il est vrai que cela n'a rapport qu'à un homme du commun ; mais si cet homme n'avait pas existé, je ne serais pas assis à cette place, et je ne pourrais pas me réjouir aujourd'hui de ce que mon frère est père.... Fais-donc donner une bouteille à mon vieux Hennig, pendant que je vais raconter son histoire, et dis-lui qu'il boive son vin dans l'antichambre.

Le Chambellan donna ses ordres, et

6 .

le Major commença ainsi : — En 1756,
nous étions en Bohême; je venais justement d'être nommé capitaine; j'avais
mes avant-postes dans un bois coupé
de gorges, et je puis bien dire que le
Roi m'avoit choisi pour la garde de
ce poste : j'étais alors un fameux luron,
Mesdames ; dormir ou veiller, était
pour moi la même chose. Il s'agissait
d'inquiéter continuellement les avant-
gardes autrichiennes ; je leur tombais
donc tous les jours sur les bras, et il
y eût là plus d'un brave enfant en-
terré. Les Pandours avaient juré ma
mort. Une belle nuit.... Il alla à la
porte, et demanda : Hennig ! quel
jour avions - nous les Pandours à nos
trousses ? — Le 16 octobre, répondit
une basse - taille, du fond de l'antichambre. — Ainsi, ce fut le 16 octobre
que les ennemis nous entourèrent; je
dormais cette nuit pour la première
fois, car depuis huit jours je n'avais pas
quitté mes bottes. Avant que nous puis-
sions nous reconnaître, les coups nous
criblent ; et à peine sommes-nous à che-

val, que le bois est garni de Pandours
et de Croates. J'étais monté, mais une
balle culbute mon cheval ; nos hussards se battaient d'estoc et de taille ;
alors, il s'avance un peloton de Croates
pour me donner le coup de grace ; vîte,
je cours à un chêne, pour m'y adosser.
J'entends Hennig (celui qui est assis
là en dehors) s'écrier : au secours de
notre capitaine, mes amis ! s'il y a
parmi vous un brave garçon, qu'il le
sauve ! A ces mots, il tourne bride
et vole à moi ; les Croates se rejet-
tèrent en arrière dans le bois, et moi...
(il n'y a pas de honte à se servir de
ses jambes en pareil cas) je trottai à
côté du cheval de Hennig. Ce généreux
soldat m'offrit bien mille fois son cheval, mais qui eût voulu l'accepter ?...
Paf ! un coup est parti, et je l'ai reçu
ici, dans... dans... comment nomme-
t-on cette partie sur laquelle on s'as-
sied, ma sœur ? hem ! dans le sein ?
Camarade, dis-je à Hennig, va-t-en,
j'ai ma part ; mais Hennig ne me quitta
point. Nous venions de quitter le bois,

il mit pied à terre et je ne pus grimper
sur son cheval, malgré toute mon envie; je me traînais à côté de Hennig,
qui me portait plus que je ne marchais.
Nous étions sur le chemin d'un village
que nous tachions de gagner; tout-à-
coup, deux croates sortent du bois et
nous crient : attends, tu n'iras pas
loin ! Je me retourne, et ma foi ! le
drôle... (c'était un ennemi) le croate
rechargeait sa carabine. Que le diable !
s'écrie Hennig, et il me quitte; il re-
vole à la charge, et chasse les Croates
dans le bois, puis il me crie : en avant,
capitaine ! je vais couvrir votre retraite.
Je clopinai jusqu'au village, et Hennig
resta toujours cent pas derrière moi.
Au moment qu'il me rejoignait, les
Croates, sortis du bois, arrivaient sur
nos talons; vous pouvez penser que
je ne m'amusais pas à siffler le long
du chemin ; je réglais mes comptes
avec le bon Dieu, car je ne voyais pas
moyen d'en échapper. Les Croates
criaient à mon Hennig : sauve - toi,
brave prussien ! nous n'en voulons qu'à

ton capitaine, sa mort est jurée. Je
disais aussi à Hennig : pique des deux !
Oui, il piquait, mais toujours en char-
geant les Croates ; les balles sifflaient
à ses oreilles : tout-à-coup, paf ! et
j'entendis que le coup avait porté ; mon
vieux Hennig avait reçu une balle dans
le gras de la jambe. — Est-elle dans le
noir, camarade ? crièrent les Croates.
— Tire ici, répondit-il, en leur montrant l'endroit.... qu'on n'ose pas montrer, et il se mit à rire aux éclats :
drole ! tu tires comme un jean - f.....
(ma sœur, c'est Hennig qui parle) !
vous adressez les pierres et non pas
moi. Alors il retourna à leur poursuite.
Il me dit plus tard : je me mordais les
lèvres jusqu'au sang, pour qu'ils ne
s'apperçussent pas que j'étais blessé,
car leur courage en eût été ranimé.
Ce bon vieux resta ainsi près de moi,
jusqu'à notre arrivée au village.

Les Croates arrivaient après nous et
étaient déjà au nombre de quatre. Que
faire ? Hennig ne pouvait descendre de
cheval à cause de sa blessure ; et moi,

je ne pouvais y monter. — Hennig !
va-t-en, lui dis-je, et je lui donnai
ma bourse et ma montre ; tu es un
brave homme, je vais préparer le lo-
gement pour toi dans le Ciel. — Mon
capitaine, je ne vous quitte pas : si
seulement je pouvais descendre !

Le village était évacué ; pas une ame
qui pût nous secourir. Déjà nous
voyons les Croates s'y glisser le long
des haies : tout-à-coup arrive, de
l'autre bout du village, une jeune fille
bien habillée, qui criait, en joignant
les mains : les voilà, les monstres !
et elle montrait l'autre côté du village. Hennig court à elle. — Ma fille,
lui dit-il, veux-tu gagner une place
là haut dans le Ciel, et mériter auparavant ici-bas un digne mari ? aide
ce jeune et bel officier à se cacher.
La fille me fixa ; j'étais alors (tu le
sais, mon frère,) un joli garçon ; ce
n'est que l'année dernière qui m'a
vieilli. — Ma chère fille, lui dis-je en
tremblant : sauvez-moi la vie, Dieu
vous récompensera. — Oh ! oui, bien

volontiers, répondit-elle ; entrez ici.
J'arrivai, comme je pus, dans la maison, et il était grand tems ; elle défit
une tapisserie qui ne paraissait qu'une
cloison, et m'introduisit dans une petite chambre, ou plutôt dans un petit
coin obscur : du haut de son cheval,
Hennig regardait au travers de la croisée. — Dieu soit loué, s'écria-t-il, lorsqu'il me vit en sûreté. Je tombai sur
une botte de paille qui se trouvait dans
ce petit coin, et je mis un linge sur
ma blessure ; à peine avais-je fini,
qu'un coup part, et j'entends bientôt
après mon Hennig crier : pardon, camarade ! — Les Croates lui demandèrent : où est ton cheval et ton
officier ? — Vous me le demanderiez
encore long-tems ; serais-je un vrai
soldat, si je ne cherchais à sauver mon
capitaine ? Mais vous lui avez pourtant donné son compte ainsi qu'à moi.

Alors il s'éleva une dispute ; j'entendais aussi le pas de plusieurs chevaux ;
les ennemis menaçaient de fusiller mon
Hennig sur la place, s'il ne disait où

j'étais. — Il ne peut s'être échappé,
s'écria l'un d'eux ; nous avons entouré
tout le village, cherchez-le ; s'il est encore ce soir en vie, ajouta la même
voix, je veux être un franc coquin !

Bientôt on entra dans la maison où
j'étais caché, et l'on trouva la jeune
fille. — Où avez-vous caché le Prussien ? demanda une voix rauque. —
La crainte de ce qu'allait répondre la
fille me fit oublier ma douleur, et je
pouvais à peine respirer. — L'officier
de hussards ? dit la fille, il est parti
au galop, par ici à gauche, à travers
les jardins.

J'espérais que tout allait finir par
là ; mais il vint tout-à-coup l'un d'eux
qui avait trouvé mort le cheval de
.Hennig ( celui-ci, me voyant caché,
s'était approché d'un fossé ; là, il s'était
jetté en bas de cheval, malgré les
douleurs qu'il ressentait, lui avait tiré
un coup de pistolet et l'avait roulé dans
le fossé, pour pouvoir dire que je
m'étais enfui à cheval ). On recom-
mença à interroger mon vieux Hennig.

— Ne voulez-vous pas croire qu'il soit
parti, s'écria-t-il ; eh bien ! cherchez-
le vous-même. — Alors, j'entendis une
voix effroyable que je connaissais bien,
c'était celle d'un officier qui m'avait
promis la mort depuis long-tems, parce
que je lui avais une fois raflé dix cha-
riots chargés de butin. — Encore trois
minutes ! cria cet officier ; tiens, voilà
ma montre ! et si tu ne dis pas où est
ton maître, je te brûle la cervelle. —
Trois minutes, répondit Hennig, trois
secondes ou trois ans, c'est la même
chose ; voulez-vous me tuer ? eh bien !
je suis dans vos mains et dans celles
de Dieu ; quant à mon maître, je ne
sais où il est.

Dans ce moment, on amena la fille
devant l'officier ; je l'entendais crier,
et mon Hennig me raconta depuis,
qu'il devint pâle comme la mort, lorsqu'il la vit ; mais il l'encouragea par
un signe résolu. — Lieutenant, dirent
les Croates, cette fille sait où il est.
— L'officier lui mit le pistolet sur la
poitrine, en lui ordonnant d'avouer.

Voyez, Mesdames, je voulais me découvrir, lorsqu'on menaçait mon Hennig, et déjà je cherchais à me relever;
mais mon bandage se défit, je retom-
bai et ne revins à moi qu'une heure
après, lorsque tout était fini. — Hennig! cria le Major par la porte : entre
ici, et raconte-nous la suite.

Hennig se plaça au milieu de la
chambre et fit ce récit : Alors, ils pré-
sentèrent la pointe de leurs sabres et
la bouche de leurs pistolets devant la
poitrine de la jeune fille, et ce pauvre
enfant jettait des cris à faire pitié.
J'étais couché par terre, et Dieu sait
où j'en étais! Je savais bien que les
ennemis ne tueraient pas la fille, mais
je craignais qu'elle ne vint à jaser;
pourtant elle ne parla pas plus qu'une
tombe. Elle était pâle comme ces pou-
pées de pierres qui sont ici dans le
jardin; mais elle resta toute aussi
muette qu'elles. Ce fut de nouveau
mon tour; l'officier banda son arme,
et je dis un dévotieux *amen*; car,
dans ce moment là, je n'avais pas le

tems d'entreprendre un *pater noster*,
je n'aurais pu achever le premier verset.
Tout-à-coup, nos gens rentrèrent dans
le village. — Maraud ! s'écria l'officier ;
mais dans le moment, je saisis un
Croate par la jambe et l'attirai à moi.
Ainsi, l'officier ne put lâcher son coup,
et j'en revins heureusement : il prit la
fuite ainsi que tous les autres. Je tenais
ferme le Croate, qui me demanda grace.
La brave fille était encore là, debout
et toujours tremblante ; je me traînai
jusqu'à elle, et.... lui baisai les pieds
(sauf respect, car je sais que c'est un
peu bas). Alors nous retirâmes mon
maître du petit coin où il était caché.
— Ah ! M. le Major, si jamais nous
pouvions retrouver cette fille ! c'est à
elle que vous devez la vie. Je fus
obligé d'aller à l'hôpital, et elle eut soin
de vous, jusqu'à ce que le village fut
brûlé.... Où peut-elle être ! qui sait,
si elle ne court pas le monde à présent ? oui, nous la retrouverons, ne
fut-ce que dans le Ciel !

Le Major tira son mouchoir et s'es-

suya les yeux. — Non, elle ne court
pas le monde, Hennig, je ne le crois
pas; une telle action ne demeure pas
sans récompense. ·

Je voudrais partager avec elle ma
dernière croûte de pain, M. le Major;
tenez, je serais en état de mendier,
de voler même pour elle, s'il le fallait.

— Ferais-tu cela, généreux Hennig?
oui, tout, excepté seulement voler:
elle le mérite, Hennig! elle a eu soin
de moi; tu n'aurais pu faire davantage pour moi, malgré l'attachement
que tu me portes. Dieu veuille lui accorder d'heureux jours, en quelque
lieu qu'elle puisse être! Je pense toujours que nous la retrouverons un jour,
ici, dans ce monde, Hennig! et non
d'abord dans le Ciel, comme tu viens
de le dire : il n'y a encore que neuf
ans que cette aventure eut lieu.

Depuis long-tems madame de Halden
tournait la tête de droite à gauche,
de dépit de ce que son beau-frère avait
fait entrer dans la chambre le sauveur
de sa vie. Maintenant qu'il entamait

avec le vieux une conversation qui ne
paraissait pas devoir finir sitôt, elle
perdait tout-à-fait patience ; cependant
elle ne voulait pas indisposer ce jour-
là le Major. Elle demanda sa bourse,
en tira un écu de six francs, et appe-
lant Hennig auprès du lit, elle lui dit
d'un ton fort gracieux : en vérité, bon
Hennig, la famille est bien sensible à
ta fidélité. — A ces mots, elle lui serra
cette pièce d'argent dans la main.

Hennig posa l'écu sur le lit, et dit
à la Dame : non, mon excellence, je
ne prends rien pour cela; je n'ai fait
que mon devoir. — Le Major regarda
par dessus l'épaule de Hennig et chan-
gea de couleur lorsqu'il apperçut l'écu;
il tremblait de colère. — Mon vieux!
s'écria-t-il, en tournant Hennig vers
soi, ne prends pas celá en mauvaise
part; les hommes ne savent pas ce que
c'est que d'exposer sa vie pour un
autre.... Ma sœur, Hennig n'est pas
si pauvre : quand je ne serai plus, il
touchera annuellement quatre cents
écus jusqu'à sa mort, et tant que je

vivrai, il ne manquera de rien; il a
la clef de mon coffre-fort, et lui seul
sait combien j'ai d'argent.

— Oui, reprit la Dame pour l'ap-
paiser, oui, il a mérité que l'on compte
sur sa fidélité.

— Mérité? s'écria vivement le Major,
il n'a rien mérité; car il sait que je
suis prêt à hasarder tous les jours ma
vie pour lui.... Si son cheval suit le
mien par derrière; s'il se tient debout
lorsque je suis assis; s'il boit son vin
dans l'antichambre, c'est sa volonté et
non la mienne; mais il m'aime, il est
mon ami, il exposerait encore une fois
sa vie pour moi, s'il en était besoin;
et voilà ce qui peut me faire plaisir.
— Il embrassa le vieillard, le serra
sur sa poitrine, le baisa sur la bouche,
et lui dit : vas boire ton vin où tu
voudras, mon cher Hennig !

La Dame, avec son écu, avait mis
le Major hors de ses gonds, et dès-
lors il était dans le cas de contredire
tout ce qu'elle aurait pu avancer :
c'était ordinairement là le début d'une

vive

vive altercation, qui se terminait par
le départ du Major ; il retournait
chez lui, et ne revenait que lorsqu'on
lui faisait dire que son frère ou sa
belle-sœur étaient indisposés ; alors il
leur prodiguait les bonnes paroles,
jusqu'à ce qu'il survint quelque chose
qui réveillât son humeur, ce qui ne
manquait jamais. Mais ce jour - là,
la Dame avait des raisons secrètes
pour ne pas le pousser à bout ; c'est
pour cela que, de son lit, elle tendit la
main au Major et lui dit : il ne faut
pas faire attention à cela, vous savez
que je suis malade.

La mine renfrognée du Major se déploya tout-à-coup, la satisfaction et la
bonté vinrent s'y peindre : il s'assit
sur le lit de sa belle-sœur, et lui dit
avec tendresse : mais diantre ! j'allais
oublier ce que j'ai apporté à ma com-
mère. — Alors Hennig entra dans la
chambre avec le porte - manteau ; le
Major en retira une pièce de velours
et une très - riche paire de pendants

d'oreilles, ce qui rétablit parfaitement
la paix.

Madame de Halden tremblait, lorsqu'elle pensait au nom de Hennig ;
mais l'affaire s'arrangea mieux qu'elle
ne le présumait. Le Chambellan dit
à l'oreille de son frère : le médecin a
déclaré qu'il ne répondait de rien, si
l'on n'accordait à la gisante toutes ses
volontés pendant les neuf premiers
jours ; ainsi, je t'en prie, n'insiste pas
sur le nom. — D'abord, le Major pensa
que l'on pouvait différer le baptême,
jusqu'à ce que les neuf premiers jours
fussent écoulés ; cependant il remarqua
bientôt que la mère ne voulait pas en
entendre parler. — Eh bien ! dit - il
enfin, qu'on le nomme François s'il
le faut, et si cela importe à la santé
de ta femme ; Dieu me préserve de
faire de la peine à une femme malade
qui a enfanté avec douleur ! et, réflexion faite, dans le fond, c'est à la
mère de nommer son enfant, comme
il lui semble bon, dût-elle (Dieu nous

en garde) le nommer Urian !.... au
reste, mon frère, il gît une certaine
vertu dans les noms ; si l'enfant s'appelait Hennig, tiens.... Cependant j'ai
encore un mot à te dire sur son éducation, et ce jeune homme doit devenir un Hennig, s'il plaît à Dieu, quand
même il s'appellerait François, comme
je viens de le dire. — Madame de Halden
s'applaudit de sa victoire ; elle nomma
son fils, Charles-Frédéric, et le Major
obtint sa demi-volonté.

Dans la cérémonie du baptême, le
Major s'aigrit contre M. de Landert,
un parent de sa belle-sœur : ce gentilhomme était là debout, dans une
posture fière et railleuse ; ses lèvres
resserrées laissaient croire qu'il allait
se mettre à rire ou à siffler ; le prêtre
au moins l'appréhendit, car il détourna
de dessus son livre un regard inquiet
qu'il jetta sur le gentilhomme, et se
hâta d'expédier la formule, afin d'avoir
fini avant que l'autre eût commencé.

Lorsque la cérémonie fut achevée, le
Major mit la main sur l'épaule du mi-

2

nistre, et dit assez haut pour être bien
entendu : M. le Ministre, je tiens le
baptême pour une cérémonie très-res-
pectable. — Le gentilhomme sourit et
balança ironiquement la tête. — Vous
ne paraissez pas être de mon avis,
M. de Landert ! continua le Major en
s'avançant vers le gentilhomme. — Mon
cher M. le Major, dit celui-ci en souriant, on ne dispute pas sur les opi-
nions; je suis très-tolérant, et si je me
mariais, je ferais baptiser tous mes
enfans. — Dieu me punisse ! s'écria le
Major avec chaleur, je ne le ferais pas
si je devais assister au baptême de mon
enfant, comme si j'étais prêt à siffler ;
mais je respecterais le baptême, quand
même je serais un turc.— Votre Muphti
vous en saurait bien mauvais gré, reprit Landert d'un air d'importance. —
Qu'importe ? Mais je lui dirais : votre
Excellence, ou bien comme on a coutume d'appeler le Muphti, ces chré-
tiens baptisent leurs enfans; il est vrai
que je n'y comprends rien ; mais je
sais pourtant qu'ils leur recomman-

dent d'être vertueux toute leur vie,
et quoique turc, je serais un fou, si
je me mettais à rire ou à siffler pendant une si sainte cérémonie. Voilà ce
que je dirais, et je voudrais voir ce
que le Muphti aurait tant à m'objecter.
Trouvez-vous donc ridicule, M. de Landert, que les parens, les parrains et
le ministre, reconnaissent, avant que
cet enfant puisse penser, l'obligation
de le mener à bien ? Trouvez-vous ridicule que l'on commence par cet acte
louable, afin de rappeler aux parens
pour quel but ils ont donné la vie à
leurs enfans ? Dites-moi, trouvez-vous
ridicule que l'on prie le bon Dieu de
bénir cet enfant, de le rendre heureux,
de le préserver de tous maux, de tout
accident ?

— Mon cher Monsieur, dit Landert
avec un sourire moqueur, je ne dispute pas volontiers sur des choses qui
me sont indifférentes ; à quoi bon cette
chicane dans ce moment ?

— A quoi bon ? il y a ici des gens de la
maison et de jeunes filles ; qu'ils voient

3

encore une fois ce qu'ils viennent de
voir, ils riront aussi lorsqu'ils feront
baptiser leurs propres enfans ; pensez-
vous que ce soit joli ? — Il prit l'enfant
des mains de la nourrice, l'éleva en l'air,
s'avança au milieu du cercle, fit signe
aux gens d'approcher, puis dit avec
émotion, en serrant l'enfant sur sa
poitrine : jeune homme ! tu es ici, et
nous ne savons le bien ni le mal qui
t'attend depuis ton berceau jusqu'à la
tombe ; Dieu veuille que la plus grande
mesure soit celle du bien ! Tu reposes
ici sur de tendres coussins de soie ;
jeune homme ! peut-être devras-tu
dans ta vie marcher à travers les épines
et les cailloux ; peut-être ton destin
t'emmaillotera, comme ta nourrice,
de liens assez tenaces pour que tu ne
puisses remuer, mais seulement jetter
des cris. Cependant ne laisse jamais
captiver ton cœur ni ta droiture ; sois
honnête homme ; nous nous engageons
à t'en faire ressouvenir par nos préceptes et par notre bon exemple. Voilà ce
que tes parens et tes parrains viennent

de te promettre ; Dieu veuille qu'ils
tiennent parole, et que les personnes
qui viendront te voir à ton dernier
berceau , lorsque de nouveau étendu
sur le dos, la mort t'aura emmailloté,
puissent t'adresser avec regret un dou-
loureux adieu , comme ils saluent aujourd'hui avec transport ton arrivée !
Charles - Frédéric, sois le bien - venu
dans ce monde ! deviens un honnête
homme ! — le Maire prononça ces
dernières paroles d'une voix touchante,
et il baisa l'enfant ; puis il le porta tout
autour du cercle, et le fit baiser pre-
mièrement de son Hennig, puis de tous
les assistans.

Le Gentilhomme lui - même s'était
tellement attendri , qu'il ne trouva
rien à mordre. Une vieille dévote engagea le Ministre à profiter du bon
moment pour adresser un petit discours. Le Ministre fit deux pas en
avant, et après avoir craché, commença
ainsi : S'il est vrai de dire que d'après
les lois sages et éternelles, la destinée
de tous les hommes, tant de ceux qui

4

vivent dans la retraite, que de ceux ré-
pandus dans la société.... — Le Major,
qui avait prêté toute son attention,
l'interrompit à cet endroit. — Reprenez
un peu le commencement, M. le Ministre, je n'ai pas retenu. — Le Prêtre
perdit contenance, et remercia le Ciel
de ce qu'un grand cri de l'enfant et une
frayeur qui prit à la mère, eussent
empêché qu'on ne repensât à son discours. — C'est dommage que ce bruit
soit survenu, dit la vieille dame au
Ministre : quelle différence, quand un
homme instruit parle ! On ne pouvait
pas en exiger davantage du Major, il
parle comme sa langue lui tourne et
comme son cœur le pousse ; mais vous!
ah ! c'est bien dommage que nous
n'ayons pu vous entendre ! — Le Ministre s'inclina très-profondément, et
dit après à sa femme : cette dame a
réellement beaucoup d'esprit ; c'est
aussi une toute autre étoffe quand nous
parlons, nous autres ; la piété arrive
sur-le-champ : les bonnes gens joi-
gnaient déjà les mains, dès mon dé-

but, c'est ce qu'ils n'ont point fait pour le Major, quoiqu'au reste il ait parlé d'une manière très-édifiante.

Madame de Halden trouva à la vérité un peu choquant que son beau - frère eût donné son fils à baiser, même aux domestiques; cependant elle continua à lui faire bonne mine; à plusieurs reprises elle le nomma mon cher frère, une fois même, mon cher Frédéric! Le Major ne se sentait pas de joie.

Sa belle - sœur l'avait déjà mené si loin, à l'aide de ses caresses, qu'elle pouvait espérer de pouvoir encore en tirer un meilleur parti. Le lendemain matin, comme il était assis sur son lit, elle renouvella la conversation qui était tombée la veille, relativement à l'éducation de son fils; elle donna un plein assentiment à toutes les remarques et à tous les avis du Major, et n'en demeura pas là; elle le pria de venir très - souvent à Moorberg, d'y rester même plusieurs mois, pour mettre en bon train l'éducation du petit Frédéric. — Ce n'est pas cela, dit le Major, je sais bien parler de la manière d'élever un jeune homme, si l'on veut en faire un homme d'honneur ; mais l'entreprendre ! ah ! ma sœur, sur mon âme, je n'y entends rien ; et puis cette maudite impatience dont je ne puis me déshabituer, malgré tous les désagrémens qu'elle m'a causés ! non, non, je ne vaux rien pour les enfans.

Madame de Halden avait déjà mille fois épié le moment de bonne humeur dont elle devait profiter, pour qu'il ne se refusât point à la proposition qu'elle voulait lui faire ; elle mit le poupon dans les bras du Major, et au moment où il le considérait de l'œil le plus attendri, elle dit : Dieu veuille, mon frère, que vous ayez toujours un cœur de père pour cet enfant !

— Chère et céleste sœur, oui, je l'ai et l'aurai toujours, avec l'aide de Dieu, s'écria le Major ; et ses yeux ne se détournaient pas de dessus l'enfant.

— Puisque vous ne vous sentez point

d'inclination pour l'état du mariage,
mon cher frère....

— Ma sœur, j'ai bien du goût pour
cet état-là, et il faudrait que je fusse
moins un homme qu'un diable, si je
ne le regardais comme une chose sa-
crée et respectable ; si je trouvais une
femme qui me convînt, je vous donne
ma parole.....

— Ah! mon cher Major, il y a assez
de filles à qui vos richesses donnent
dans l'œil ; mais vous avez déjà cherché.....

— Cherché ? à proprement parler,
non : mon vieux Hennig me conseille
toujours de prendre une femme ; il me
représente mille choses qui toutes sont
vraies, et quelquefois je ne sais quoi
lui répondre, à ce brave homme ; il
pense que cela me serait avantageux.

Madame de Halden soupira. — Oui,
mais non pas à lui ; car quelle femme
voudrait souffrir Hennig dans sa maison ?....

— Mon Hennig ? au diable ! ma
sœur. Pourtant je ne veux pas m'é-

chauffer, et c'est vrai, très-vrai; je
crois même que cela troublerait le ménage, car Hennig a la permission, le
droit même de parler, et puis.... il
fronça ses sourcils.

— Et cependant, pour complaire à
une femme, vous ne voudriez pas chasser celui qui vous a sauvé la vie?

— Non, pour tout au monde, ma
chère sœur! Tenez, ce bon vieux sait
qu'une femme ne le souffrirait peut-
être pas chez elle, et pourtant il me
conseille d'en prendre une. Je lui dis:
mon vieux, ma femme te verra d'un
mauvais œil, et sa mauvaise mine te
rendra la vie pénible; non, je ne me
marie pas. — Alors, le vieux me ré-
pond : qu'est-ce que cela fait, M. le
Major? vous me donnerez une petite
maison dans le village; et si, pour la
paix du ménage, je ne puis venir chez
vous, au moins vous pourrez venir
chez moi; il faut vous marier, il le
faut, ou que le cinq cent.... Halte!
vous n'aimez pas à entendre jurer;
mais ce qu'il y a de certain, c'est que

je m'en tiens à ma manière de voir et
que je ne me marie pas de sitôt. —
Eh bien ! je crois que vous en vivrez
plus heureux : de mille mariages, pas
un ne réussit, et vous pourriez ainsi
être absolument le parrain et le père
de mon enfant : que mon fils vous
aimerait, s'il pouvait espérer de devenir un jour votre héritier ou bien d'être
assuré...!

— Que le diable emporte son amour!
Dieu me pardonne !.... que me parlez-
vous d'héritage ? Tant que mon père
vécut, je ne pus jamais entendre prononcer ce mot-là, et lorsque j'étais
près de son lit de mort, je souhaitai
mille fois (Dieu le sait) qu'il ne m'eût
laissé pour legs que des dettes ; j'aurais pris plaisir à jeûner, pour pouvoir les payer, et compenser ainsi son
amour, sa tendresse paternelle. Non,
si vous voulez me faire plaisir, ne me
parlez ni d'héritage, ni de testament.
Je suis un misérable ver de terre, et
j'ai plus que je ne mérite, je l'avoue
humblement (il prit son bonnet et le

posa sur le lit). Faire un testament !
c'est comme si l'on voulait reprocher
au Ciel de ne nous avoir pas faits im-
mortels; et (Dieu m'en préserve), si
vous m'y forcez, je laisse tout entre
les mains de la Providence, qui le dis-
tribuera selon sa volonté.

— Vous êtes le plus cher, le meilleur des hommes, mon frère ! il faut
pourtant aussi songer à ses proches,
comme nos ancêtres ont songé à nous.
Le petit Charles doit un jour, mon
frère, être sur un bon pied, je pense.

— Je le pense aussi, avec l'aide de
Dieu ; quant à nous tous, nous ferons
pour cela tout notre possible.

— Oui, justement, je crois que nous
devons tous nous employer à cet effet.
Mon frère est ambassadeur à Vienne,
il nous sera le plus utile.

— Que diantre ! peut-il donc y
faire, demanda le Major ? Il attendit
la réponse avec beaucoup d'empressement.

— Ecoutez-moi : je pense que le
jeune homme doit donner un grand

lustre à notre famille, et s'il avait votre fortune, jointe à celle de mon mari et à la mienne, il me semble qu'un titre de comte....

Le Major remit vivement son bonnet sur sa tête, et posa l'enfant dans le berceau; il luttait avec lui-même. Enfin il ne fut plus maître de sa colère, et dit avec des yeux étincelans : eh bien! achetez ou mendiez (ce qui est la même chose) pour votre enfant un titre de comte; moi, j'emploie ma fortune à fonder un hôpital de fous, aussi vrai que Dieu existe! et la meilleure place de cet hôpital est au service de votre fils. C'est donc pour cela que je ne devais pas me marier, afin que cet enfant pût me jouer un pareil tour! Hennig, tu as raison; un simple bâtard né derrière un buisson vaut mieux que dix neveux. — Il cria de la porte : Hennig! selle! — En cinq minutes il était à cheval, et murmurait toujours entre ses dents : c'est donc pour cela que cette patte de velours m'amadouait, sans me jeter une seule fois les griffes? Que le diable vous emporte ! — En faisant ces réflexions, il s'avança vers Sollingen.

A son arrivée, il conta l'aventure à son Hennig , et celui-ci répéta les conseils qu'il avait mille fois donnés. — Voyez, M. le Major, voilà le commencement. Je vous le dis, il faut vous marier. Quand une fois je serai mort ( ma machine détraquée ne peut plus tenir long-tems), qui est-ce donc qui vous aimera? Au moins, une femme pâlira, quand une dent vous fera mal; elle pleurera, quand cette balle que vous avez là dans la fesse, vous présagera un changement de tems, et tout cela vous fera du bien. De plus, si vous voyiez comme votre belle-sœur spécule toujours avec joie dans vos yeux, comme au moindre éternuement elle espère déjà voir arriver une bonne fièvre! Je vous le dis, il faut vous marier, M. le Major, ou que le cinq cent!... Ce petit-là, que vous teniez sur vos bras, comme s'il eût été votre fils, que vous fixiez d'un œil attendri, vous fera une belle mine, quand il vous

verra vivre trop long-tems pour lui.
Vous sentirez ce que c'est que de vivre
contre les vœux des hommes.

— Hennig, cet enfant n'est point capable de cela ; le sang de mon père
coule dans ses veines. Il est vrai que la
mère... Tu as bien raison....

— Vous verrez que l'enfant aussi....
car, avec votre permission, M. le Chambellan et sa chère épouse ne connaissent
que l'argent et leur noblesse. Qu'en ar-
rivera-t-il ? je crois qu'*argent* sera le
premier mot que le petit apprendra à
prononcer. Comment s'est déjà fait l'arrangement avec Sollingen ? vous ne
voulez pas en convenir, M. le Major....

— Pour Sollingen ? Hennig, tu as
tort. C'était mon intention de le prendre, parce que la terre a un meilleur
fonds que Moorberg, et parce que les
gens sont meilleurs que les vassaux de
mon frère.

— Meilleurs ! qui donc les a rendus
tels ?... Je sais bien, moi, pourquoi
vous avez pris Sollingen ; c'est parce
que votre digne père le préférait à

Moorberg; c'est parce qu'il y est mort;
c'est parce qu'ici on ne trouve que des
montagnes et des vallées, et que Moorberg est entouré de plaines fertiles; c'est
parce que vous avez remarqué que
votre frère y gagnerait mille écus de
plus par année, et que vous ne vouliez
pas chicaner en présence de votre père
mourant : voilà pourquoi vous prîtes
Sollingen, et pourquoi vous fîtes comme
si vous aviez eu la meilleure part.

— Mais quand il en serait ainsi,
Hennig, n'avais-je pas raison ? Mon
père était-là au lit de la mort, écou-
tant, approuvant tout d'un air paisible;
devais-je me disputer alors avec son fils
pour une bagatelle ?

— Non ; c'était agir comme le doit
un hussard qui a bien servi son Roi.
Mais faut-il souffrir que l'ennemi mine
vos magasins, sans chercher à les con-
tre-miner ? Ils vous ont pris Moorberg,
et avec leurs flagorneries, ils tâchent
encore de vous subtiliser Sollingen, et ils
vous rendent odieux à toute demoiselle
qui pourrait vous convenir pour femme.

Si le coup était porté aujourd'hui, demain il faudrait que le vieux Hennig
allât mendier ; c'est aussi vrai que
j'existe ! . . .

Le Major resta un moment sans répondre ; sa mine était sombre. — Non,
cela ne sera point. . . va me chercher
le notaire ! Aller mendier, toi ! Hennig. . . mon frère n'est pas aussi inhu-
main. . . . tu es un vieux fou. Mais va
me chercher le notaire. Je suis bien
éloigné de songer à faire un testament,
mais je veux pourvoir à tes besoins.
Cours vîte, mon bon Hennig ! j'ai peur
que le coup ne vienne me frapper à
l'instant. . . Mendier ! Non ; c'est à moi
de l'empêcher. Que Dieu me punisse,
si je n'en ai pas la force ! Tu n'iras pas
mendier. Va, va ! je veux tout arran-
ger aujourd'hui ; après cela, arrive qui
pourra !

Hennig partit. Le Major se mit à réfléchir, et trouva que Hennig n'avait
pas si grand tort. Il lui revint à l'esprit ( ce que Hennig ignorait lui-même)
que lors de l'héritage de son père,

Moorberg était encore le moindre dommage qu'on lui eût causé dans le partage. Il se mit à siffler la marche de Dessau, pour bannir cette idée qui ne voulait pas disparaître. — Si seulement c'était un étranger, au lieu d'être mon frère ! se disait-il, et bientôt il se reprochait d'avoir formé un vœu si cruel.

Le notaire entra dans la chambre, et le Major lui raconta avec une affabilité peu commune, que son frère avait été élevé chez une vieille tante. Elle était avare, continua-t-il, et orgueilleuse comme le diable. Je m'étonne, mon cher monsieur, que mon frère ait pu devenir aussi bon qu'il l'est devenu. — Puis il démontra très au long à l'homme de loi, que l'amour pour les enfans pouvait gâter les meilleurs gens, et les porter à un peu d'ambition, sans qu'on puisse pour cela en conclure contre leur caractère. Le notaire fut surpris de ce genre de conversation, dont l'intelligence était une énigme pour lui, et demanda dix fois : Vous m'avez fait appeler, M. le Major...

Il eût été pénétré d'admiration pour le Major, s'il eût su comme son affabilité s'accordait avec la bonté de son cœur. — Tu as tort, Hennig! termina-t-il enfin, et alors il demanda au notaire de lui fabriquer une pièce qui assurât quatre cents écus à Hennig jusqu'à sa mort.

A ces mots, Hennig sortit de la chambre. — Voyez un peu quelle folie! dit-il en lui-même : comme si j'avais envie de vivre, lorsqu'il sera mort! — Le notaire tira une copie du contrat, pour la remettre à Hennig. Il la lui apporta dans sa chambre, lui souhaita toute sorte de bonheur, et lui conseilla de garder précieusement cet écrit. Le vieux dit séchement : c'est en vérité quelque chose de beau à conserver! — Il approcha ce papier de la lampe, et s'en servit pour allumer sa pipe. — Hennig! dit le notaire, tu brûles toute ta fortune! — Je le sais bien, répondit tranquillement le vieillard. — Jamais de ta vie tu n'as vu brûler rien d'aussi précieux. — Comment! rien de si précieux!

J'ai vu brûler Dresde, et mon cœur brû-
lait aussi. Folie que tout cela ! — Hennig
retourna près du Major, et ne lui dit
pas un mot du contrat, parce qu'il
voyait que son entretien avec le notaire
avait attristé son maître, qu'il aimait
sincèrement.

Quelqu'aigrie que fût madame de
Halden contre le Major, elle sentit
pourtant qu'elle ne perdrait pas entièrement ses bonnes grâces. Elle avait à la
vérité été déçue dans ses espérances ;
mais elle comptait trop sur sa bonté,
qu'elle nommait simplicité d'ame, pour
oublier tout-à-fait son plan. Elle redou-
tait Hennig avec ses instances près du
Major, pour le faire marier, et sentait
pour lui une aversion inexprimable.
Elle vit pourtant bien que sans lui, elle
ne pourrait parvenir à son but. Il n'y
avait rien à faire pour le moment avec
le Major, dont elle connaissait l'extrême
vivacité ; mais elle savait que lorsque
son emportement serait calmé, il rede-
viendrait aussi bien disposé qu'auparavant. Elle se tint d'abord en repos ;

mais huit jours après , elle envoya à
Sollingen la nourrice avec le petit
Charles , après lui avoir fortement recommandé de ne nommer jamais l'enfant que Frédéric, en présence du Major.
Lorsque la voiture roula dans la cour ,
et que le Major apperçut son petit
neveu , la moindre trace de sa colère
fut effacée. Il enleva l'enfant hors de
la voiture , fit un cadeau très-brillant
à la nourrice , et fut si flatté des atten-
tions de sa belle-sœur , qu'il fit seller
ses chevaux pour escorter l'enfant jusqu'à la sortie du bois, dont les chemins
étaient mauvais. La nourrice exécuta
fidèlement les ordres qu'elle avait reçus ;
elle raconta au Major que Madame avait
été si chagrine de son départ précipité ,
qu'elle n'avait pris aucun repos depuis.

Hennig , dit le Major en chemin ,
veux-tu, nous irons une lieue plus loin?
Il fait clair de lune. J'ai en outre quelque chose à terminer avec mon frère.
— Hennig y consentit , et ils s'avancè-
rent avec la voiture jusqu'à Moorberg.
Madame de Halden accueillit le Major

avec ·la joie la plus vive, et ordonna
à son intendant, en présence du Major,
d'avoir bien soin du brave Hennig, et
de ne le laisser manquer de rien. Cette
fois, elle ne parla ni d'héritage, ni
de testament, ni de titre de comte.
Elle témoigna aussi beaucoup de bonté
à tous ses domestiques, car elle savait
que le Major ne pouvait absolument
souffrir qu'on maltraitât ces pauvres
gens, et que lui-même, si dans un
mouvement de colère il avait distribué
quelques soufflets, il réparait le mal
avec quelques ducats, lorsqu'il était
revenu à soi. Elle crut déjà tenir la fortune du Major, et ménagea ses gens,
pour se ménager son argent.

Cette fois-ci, tout se passa à mer-
veille. Le Major ne partit que trois
jours après, et n'eut pas besoin de
crier par la fenêtre : Hennig ! vîte à
cheval ! — Au départ, Madame serra la
main à Hennig, et lui demanda à plusieurs reprises s'il n'avait manqué de
rien; mais elle vit, à son grand dépit,
qu'il n'y avait rien à tirer de lui. Il
semblait

semblait toujours froid , indifférent ,
répondait par monosyllabes , et riait
aux éclats lorsque l'intendant lui disait
avec étonnement : Mon dieu ! Madame
vous traite comme si vous étiez son
égal !

Le Major rendait tous les mois visite
à son frère ; mais plus il venait le voir ,
plus il était mécontent à son retour.
— Hennig , disait - il , je ne reviens
pas de sitôt. Ils élèvent mon neveu ,
à faire honte et pitié. — En cela le
Major n'avait pas tort. Aussitôt que
l'enfant jetait un cri , la mère s'emportait contre la nourrice , contre la
gouvernante , contre son mari. La voix
de l'enfant mettait en mouvement toute
la maison , et on lui donnait tantôt une
chose , tantôt une autre , pour l'ap-
paiser. — Cela ne vaut rien , ma sœur,
dit le Major ; cet enfant va s'imaginer
à la fin , qu'il est plus que sa nourrice.

Madame de Halden le regarda avec de
grands yeux , et lui aurait volontiers
répondu : N'est - il pas en effet plus
qu'elle ? — Pour cette fois elle se tut ;

I. 〔 C

mais elle ne tarda pas à voir détruire
son espoir de convertir en amour pour
son enfant les fantaisies et les singuliers
caprices du Major. — Bats-moi ce braillard, dit une fois le Major à la nourrice ; prends la verge ! — La nourrice
fit un mouvement qui indiquait qu'elle
voudrait bien exécuter l'ordre. — Osez
le faire ! s'écria la mère, en s'élançant
de sa chaise : si vous touchez cet enfant, vous êtes malheureuse. — En une
démi-heure, le Major était remonté à
cheval, et disait à son Hennig : Je n'y
reviendrai pas de sitôt. — Hennig répondit séchement : Voilà bien des fois
que vous le dites ! vous êtes trop bon.

Le Major tint parole cette fois-là ;
il ne retourna à Moorberg que lorsqu'il apprit qu'il allait lui survenir un
second héritier de son nom. — Que
veux-tu ? elle est ma sœur, dit-il à
Hennig, et tu sais comme je m'emporte.
Ai-je le droit d'exiger qu'elle soit sans
défaut ? Ecoute, Hennig ! c'est un évangile admirable que celui de la poutre
et du fétu de paille... Je veux aller

à Moorberg ; nous avons tort, je crois, mon vieux. J'en agis précisément avec ma belle-sœur comme nous en agissions avec les Autrichiens. Je manœuvre avec chaleur autour d'elle, jusqu'à ce qu'elle présente le flanc à découvert. Alors je taille sans pitié, je tourne bride, et ne parle plus que de ses fautes. Reprend-elle une bonne position, ou bien tombe-t-elle sur mes derrières ? Alors je me tapis dans mon trou ; c'est absolument comme avec les Autrichiens : nous démasquions toutes les petites fautes qu'ils faisaient, et personne ne parlait de leurs succès. Vois combien nous avons tort ! Ma belle-sœur a aussi son mérite ; c'est une bonne ménagère, qui aime l'ordre, la propreté. Elle gâte un peu trop son enfant... Que veux-tu ? elle est mère. On devrait toujours remarquer les gens par le bon côté, et jamais par le mauvais. Partons, Hennig ; il est possible que j'aie tort.

— Dieu me préserve, dit Hennig, de semer la zizanie entre les parens ! Il en est de ces sortes de parens, comme

dés cantonnemens d'hiver ; bons ou
mauvais, il faut les prendre, parce
qu'ils vous sont désignés. Je vais seller ;
nous irons là-bas : je vous suivrais
jusques dans un repaire de dragons.

Hennig connaissait parfaitement madame de Halden ; c'était une femme
comme on en voit mille. Dans la maison
paternelle, on lui avait appris qu'il n'y
avait rien de plus digne d'envie que
l'argent, le rang et le poli des manières. Elle ne trouvait d'autre différence parmi les hommes que celle des
pauvres et des riches, des gens de condition et des gens sans condition. Elle
ne reconnaissait en eux que cette obligation : Les riches et les grands ordon-
nent ; les pauvres et les petits doivent
obéir. — *Tous les hommes sont frères
et égaux devant Dieu ;* cela signifiait
pour elle : Les pauvres ont la permission de se mêler à l'église avec les
grands ; hors de là, elle se tenait toujours dans un éloignement dédaigneux
de tous les hommes inférieurs à son
rang. Elle n'était cependant pas rebu-

tante ; au contraire elle avait de la condescendance pour tous ceux qui la ser-
vaient. Ce n'était point par méchanceté
qu'elle maltraitait ses domestiques,
mais parce qu'elle n'avait jamais vu
traiter autrement ces pauvres gens, et
qu'elle ne savait pas qu'on pût se conduire d'une autre manière envers des
subordonnés. De plus, elle était d'accord avec beaucoup d'autres dames de
distinction, pour ne voir le suprême
bonheur que dans une place à la cour,
dans un ruban, dans un titre, et pour
ne connaître que les grandes richesses
comme le plus sûr moyen d'y parvenir.

Néanmoins elle avait de la dévotion ;
elle ne manquait pas de faire chaque
jour ses prières du matin et du soir, ne
négligeait pas l'église, savait par cœur
son catéchisme, s'approchait de la
communion régulièrement tous les
trois mois, non par hypocrisie, mais par
vraie religion. Elle regardait une église
comme une cour, y allait comme on
va en cour, et y priait Dieu journellement, comme une dame de cour

offre journellement ses services à sa
princesse. Elle croyait remplir parfaitement le précepte : *Fais du bien à
ton prochain*, en ne renvoyant aucun
mendiant, sans lui avoir donné un morceau de pain. Si elle maltraitait ses
domestiques, et repoussait ses vassaux
avec une fierté inexprimable, elle s'imaginait que c'était dans l'ordre que Dieu
lui-même avait établi, et elle en trouvait la preuve dans l'évangile, à l'article
de la table du père de famille. Elle
payait le salaire de ses gens, et leur
donnait une nourriture abondante. Elle
soldait ponctuellement aussi ses ouvriers ; il eût été difficile d'exiger d'elle
quelque chose de plus.

Quant à son mari, on n'en pouvait
pas dire autant. Il n'était rien, à proprement parler, ou tout au plus le pendant de son épouse. Sans caractère, sa
nullité se peignait jusques dans son
extérieur. Il avait une belle figure,
mais sans vie ; un visage plein, efféminé, ni coloré, ni sans couleurs ; et
des yeux de cristal, avec lesquels il sem-

blait demi-aveugle. Dès sa jeunesse, il
avait beaucoup lu, sans pourtant avoir
aucune idée à lui. Il pouvoit passable-
ment rendre compte de ses lectures ;
aussi jouait-il le savant dans les cercles,
et c'est-là seulement qu'il se sentait. Il
faisait des collections de médailles, de
minéraux, d'oiseaux empaillés, de gra-
vures, et même de tableaux, lorsqu'ils
n'étaient point trop chers. Il avait des
pigeons de Turquie et une volière de
serins ; il instruisait des bouvreuils à
siffler, nourrissait des souris blanches
dans un verre, connaissait les antiques, et raisonnait très-au-long des
choses relevées. Dans tout ce qui pouvait intéresser un homme, il avait l'air
de prendre beaucoup de part, sans
qu'il en prît aucunèment. Il était sans
cesse occupé, collait tout ce qui se bri-
sait dans la maison, tournait des étuis,
et se livrait encore à d'autres semblables travaux. Les domestiques disaient :
notre maître sait tout faire, et cette
louange faisait naître un souris gracieux sur ses lèvres. Il n'était point

4

fier ; car lorsqu'une servante venait
balayer sa chambre, ou qu'un domestique lui apportait son déjeûné , il leur
démontrait avec beaucoup de complaisance ses expériences d'électricité. Cependant, lorsqu'il le faisait, il fallait
que sa femme fût absente , car elle ne
pouvait souffrir ces sortes de tours et
sur - tout sa condescendance à l'égard
des domestiques.

Tout le plan de vie de la Dame,
était, comme je l'ai déjà dit, la grandeur ; et comme elle ne pouvait s'élever d'avantage, elle en avait plus de
chaleur à penser à l'élévation de ses
enfans. Elle ne trouvait point d'injustice à obtenir du Major, à force de
ruses, qu'il se sacrifiât pour eux, justement parce qu'il était de la famille.
Son Charles devait un jour hériter de
son bien, de celui de son mari et de
celui du Major, aller à la cour, et
obtenir le titre de comte, à l'aide de
son frère. C'était le plus haut but auquel elle desirât parvenir. Ce plan
pouvait être détruit par la naissance

d'un second fils, mais non par la naissance d'une fille ; au contraire , le mariage d'une fille avec un homme de considération , ajouterait encore à l'éclat de sa famille. Il était bien naturel que madame de Halden se sentant encore une fois enceinte , crût qu'elle mettrait une fille au monde. Elle tenait tellement à cette chère idée, qu'elle ne pouvait penser qu'il pût arriver autrement, d'autant plus que chacun se complaisait à l'assurer qu'elle verrait ses vœux accomplis.

Vers le tems de l'accouchement, il arriva une gouvernante, que l'on avait fait venir de la colonie française de Berlin, parce que l'enfant ne devait d'abord entendre parler que français. Madame de Halden destinait à la chère fille qu'elle espérait, une éducation conforme à ses vues et rien de plus. A cet effet, elle dressa son plan, qu'elle se garda bien de communiquer au Major. Sur-tout, elle ne lui laissa rien remarquer de la certitude où elle était d'avoir une fille ; au contraire, lorsqu'il

était là, elle lui parlait toujours d'un
garçon, et consentait même à ce qu'à
sa naissance il reçût le nom de Hennig.
Ainsi, elle agissait au gré du Major,
et acquérait des droits à sa reconnaissance. Des lisières, un berceau, des
habits de baptême, une gouvernante
française..... tout était prêt pour la
réception d'une petite fille. Arriva enfin
le moment de l'accouchement, et la
sage-femme de s'écrier : un charmant
petit garçon ! votre excellence. — La
mère heureusement ne l'entendit pas;
c'eût été pour elle un coup de mort.

On lui cacha le sexe de l'enfant,
jusqu'à ce que le danger fût passé.
Enfin on chargea la sage-femme de le
lui annoncer, M. de Haldén n'osant
pas le faire lui-même. La mère se fit
apporter l'enfant, pour s'assurer par
elle-même de la vérité, puis elle le
rendit, en poussant un profond soupir, se coucha sur le côté et répondit
à toutes les questions qu'on lui adressa:
faites ce que vous voudrez. — Le chagrin de voir ses plans avortés, la ren-

dit malade ; un mal de poitrine, qui lui causait beaucoup de douleurs, lui ôta toute patience, et elle en conçut encore plus d'aversion pour l'innocent enfant. On essaya toute sorte de moyens; afin de lui inspirer de l'amour pour le poupon ; elle le prenait sur son lit, mais sitôt qu'elle pensait à la destruction de son plan, elle le regardait en pleurant, et le rendait pour qu'on l'éloignât.

Il fallut hâter le baptême, parce que l'enfant paraissait faible. — Ma chère amie, dit le Chambellan à son épouse, le frère insiste pour que l'on donne à l'enfant le nom de Hennig ; il reclame tes promesses. — Qu'il le nomme comme il voudra, répondit-elle, peu m'importe. — Le père prit ces mots, prononcés dans la colère, pour un consentement positif, et on le baptisa sur-le champ dans un appartement voisin, pour ne pas incommoder la malade. Le Major et le père furent seuls présens à la cérémonie, car on n'avait pas eu le tems d'y inviter d'au-

6

tres personnes. Le Major alla faire à la
mère les complimens d'usage, après le
baptême de son fils. — Quoi ! déjà baptisé ? demanda-t elle avec inquiétude,
et comment s'appelle-t-il ? — Hennig,
répondit le Major. — La mère se tourna
du côté de la muraille, et ne dit pas
un mot de toute la journée. On lui
apporta l'enfant ; mais elle fit semblant
de dormir, pour n'être pas obligée de
le prendre.

Le Major ne tarda pas à crier par
la fenêtre : Hennig ! il faut seller. —
La Dame s'inquiéta peu de le retenir.
Ses idées étaient alors confondues, et
elle ne trouvait plus comme auparavant aussi attrayante la fortune du
Major, depuis que son enfant favori
devait la partager avec celui qu'elle haïssait. Il est probable que cette animo-
sité peu naturelle envers son second
fils, se serait bientôt évanouie, si son
nom de Hennig n'y avait donné tous
les jours un nouvel aliment. Toutes les
fois qu'elle l'entendait nommer ainsi,
elle sentait une peine secrète, et à la

fin elle s'accoutuma à ne le voir que
d'un mauvais œil. Elle l'abandonna entièrement à la nourrice, et toute sa
tendresse appartint à son premier-né,
en qui bientôt on remarqua tous les
défauts provenant de l'éducation de la
mère. Son antipathie envers Hennig
s'accrut encore davantage, lorsqu'elle
s'apperçut que plus elle le haïssait,
plus il se faisait aimer de toute la maison. L'enfant apprenait à obéir, parce
qu'il se sentait dépendant; il aimait,
parce qu'il ne commandait pas, et....
(qui pourra expliquer cette singulière
contrariété dans le cœur humain?) la
mère l'en détestait encore plus, à cause
de ces bonnes qualités.

Enfin, madame de Halden eut une fille.
C'était tout ce qui pouvait la mener à
la réussite de ses plans orgueilleux. La
fille serait jolie, pour attirer par ses
charmes; elle devait posséder tous les
agrémens, savoir chanter, danser, dessiner, afin qu'aussitôt qu'elle serait
grande, elle pût jouer un brillant rôle.
Insensiblement, son ancien plan se

déroulait; mais les desseins de sa future
grandeur étaient toujours traversés par
Hennig; et, ce qui était encore pis, le
Major, lorsqu'il arrivait, demandait
aussitôt le petit Hennig, le prenait dans
ses bras, le mettait à cheval sur ses
genoux, le laissait jouer avec ses moustaches, et remarquait à peine Charles,
le favori de la mère.

Madame de Halden fit au Major un
reproche amical sur sa partialité pour
le jeune Hennig. — Si vous badiniez
avec Charles comme avec ce petit sauvage, vous verriez combien il vous
aime !

— Moi ! Dieu m'en préserve ! on n'a
qu'à fixer seulement un peu ce braillard, il crie à étourdir.

— Mon frère ! cet enfant est d'un
naturel doux et sensible. Comparez-les
une fois entr'eux, je vous prie, mais
sans partialité; vous verrez bientôt
combien Charles est poli, et comme
cet autre est sauvage et grossier.

— C'est bien naturel; Hennig est
toujours avec les domestiques, et ce

braillard là ne quitte pas votre giron.
Au reste, je ne puis souffrir ces enfans
qui courent au devant de tout le monde,
pour leur baiser les mains; c'est comme
les chiens de mon frère, qui font ac-
cueil au premier venu. Votre aîné me
baise la main et me regarde d'un air
rusé, comme s'il voulait me dire : 
va-t-en au diable ! Hennig, au contraire, accourt à 'moi tout crotté et
grimpe jusqu'à mon visage. — M'as-tu
apporté quelque chose, mon oncle ?
— C'est sa première demande, et de
fouiller dans mes poches. Je trouve
cela bien juste. Vous ne ferez rien de
bon de votre aîné, ma sœur, c'est moi
qui vous le dis, tout au plus un' in-
secte d'antichambre. Mais dans Hennig,
je vois un homme; et si quelqu'un
pouvait m'engager à faire un testament,
je vous le jure, ce serait lui ; ne voyez-
vous pas comme tout le monde l'aime
dans la maison ?

— Oui, répartit madame de Halden,
parce qu'il a la bassesse de livrer son
cœur à tout le monde.

— Au diable ! s'écria le Major avec humeur, et pour quel autre objet est-il donc ici ? Grand Dieu ! ajouta-t-il avec componction, pardonne, et n'entends point ce que dit là une mère pervertie !..... Parce qu'il donne son cœur aux hommes !..... Oui, je voudrais que le bitume et le souffre !.... Non, pourtant, c'est trop sévère. — Dans ce moment, le petit Hennig se précipita dans la chambre et reçut de sa mère un soufflet bien appliqué. Le Major, tremblant de tous ses membres, courut trouver son frère. Celui-ci le conduisit à un nid de jeunes serins, et lui dit : tiens, regarde un peu.— Au diable ! répondit le Major : n'as-tu pas de honte de t'émerveiller à la vue d'un nid d'oiseaux que la mère environne de sa tendresse, tandis que tu songes si peu à tes propres enfans ?

— Eh bien ! mon bon frère, ne t'emporte pas ! qu'est-il donc arrivé ? tu as toujours du tapage à faire.

— Amène ici ta femme, et montre lui, comme cette mère..... Cieux et

Terre ! Dieu regarderait - il avec plus
de complaisance ce nid plein d'insectes,
que ta femme elle-même ? Amène - là
ici, et puis....

— Mais, mon frère, où as - tu vu
que les serins sont des insectes ? n'ap-
prendras-tu jamais à t'exprimer mieux?

Le Major le regarda fixement. —
Fais comme il te plaira, ajouta - t - il ;
aie soin de ces jeunes animaux, instruis
les bouvreuils, et laisse pendant ce
tems - là tyranniser le meilleur de tes
enfans, ton Hennig, qui semble être
tombé dans les mains d'une impi-
toyable belle-mère. En vérité, j'ai plus
de tendresse pour ce garçon, que toi-
même. Vous est-il à charge? donnez-le
moi. Oui, mon cher Christophe, donne-
le moi, je veux lui tenir lieu de père.

Le Chambellan répondit si de travers
à cette demande, que le Major remercia le Ciel, lorsqu'il fut à cheval sur
le chemin de sa maison. Cependant
elle ne fut pas sans effet. M. de Halden
conta à sa femme son entretien avec
le Major. Elle devint pensive, réflé-

chit sur la proposition de son beau-frère, et trouva qu'elle ne pourrait jamais s'accommoder avec sa vivacité; qu'elle serait obligée de rompre avec lui, et que le Major suivrait à la fin les conseils de son vieux Hennig, dont elle connaissait les sentimens contraires aux intérêts de sa famille. Si le Major, se disait-elle, voulait prendre mon second fils, à condition d'en faire son héritier, mon aîné jouirait seul de ma grande fortune, et puis, je n'aurais plus sous mes yeux celui que je ne puis aimer.

Le mari eut ordre d'aller rendre visite au Major avec Hennig, et de lui laisser l'enfant à cette condition. Le Major consentit à tout ce qu'on desirait de lui, et il fut dressé un contrat dans lequel le vieux Hennig fit insérer cette clause : *à moins que le Major ne se marie et n'ait des enfans.* Le Chambellan s'en retourna, et Hennig resta volontiers auprès de son cher oncle, qui avoit toujours ses poches pleines d'amandes. Le Major serra sur

son cœur cet enfant, alors âgé de trois
ans, le baigna des larmes des plus
tendres sentimens paternels, puis alla
dans son cabinet, éleva les yeux vers
le Ciel, et dit avec une profonde dévotion : A présent, mon Dieu, je suis
père comme toi, quoique je ne le sois
que d'une de tes créatures. Bénis mon
plan d'éducation, je veux y donner
tous mes soins, mais mes moyens sont
faibles. Qu'il devienne seulement un
honnête homme, peu m'importe le
reste.... Et ma vivacité? se disait-il
à lui-même. Je ne m'emporte pourtant plus contre mon vieux Hennig,
je ne m'emporterai pas non plus contre
mon fils.

Il s'assit devant une croisée ouverte
au couchant, d'où la perspective s'é-
tendait sur un lac et un paysage charmant. Là il prenait toutes ses résolu-
tions et dressait tous ses plans ; aussi
l'appelait-il sa fenêtre de fantaisie. Il
dit une fois à Hennig : Tiens, je suis
ici comme devant Dieu, et là on ne
fait rien de mal avec connaissance de

cause. Il se trouvait donc devant Dieu, et méditait un plan d'éducation pour Hennig : il trouva bientôt que cela n'était rien moins que facile ; il bran- lait la tête, battait la caisse avec ses doigts, sifflait la marche de Dessau, soufflait en tout sens la fumée de sa pipe ; avec tout cela, rien ne put éclorre de son cerveau. Enfin il posa sa pipe, alla chez le Ministre, et lui raconta que son frère avait poussé l'amitié jusqu'au point de lui confier l'éducation d'un de ses enfans. — Mon cher monsieur, ajouta-t-il, je ne sais que ce qu'un hussard doit savoir, je connais aussi tout ce qui constitue un honnête homme. Mais ce n'est pas mon intention de faire de cet enfant un hussard, encore moins un soldat, et j'ai de bonnes raisons pour cela. Cepen- dant cet enfant doit un jour être quel- que chose, et apprendre à vivre avec les hommes. Pour cela, il faut cer- taines connaissances auxquelles je n'en- tends rien. Dites-moi un peu ce que vous en pensez. La science est une

belle chose, et il n'est rien au monde
que je respecte d'avantage ; seulement
la science des choses raisonnables,
M. le Ministre, car celles contraires
à la raison ne valent pas une amorce.
J'en ai la preuve dans un homme de
ma famille. Il connaît tout depuis le
cèdre jusqu'à l'hyssope ; il a des serpens
à sonnettes dans sa maison , et des
oiseaux empaillés ; il sait distinguer les
ovipares des vivipares, mais voilà tout.
Du reste, il agit encore plus sottement
que moi , malgré mon ignorance. Il
n'est chez lui ni maître , ni père, ni
parent, ni ami. Il vous parle à ravir
de la manière de diriger les hommes, de
l'ordre réglé du soleil , de la lune et des
astres ; eh bien ! ce même homme ne sait
pas gouverner sa propre maison. Il conduit la foudre comme il le dit lui-même ;
il a de petites maisons de carton, sur
lesquelles il fait descendre des étincelles
à son gré ; et l'été dernier, un éclair mit
le feu à sa grange... Diable ! je viens
de me trahir. Mais qu'importe ! il est

vrai que c'est mon frère. Vous voyez
bien que l'enfant ne doit rien savoir
de tout cela, car cette science est
comme un pistolet sans chien. Mais
que faire, dites, M. le Ministre?

Le Ministre était un parfait brave
homme, mais il ne valait rien pour
conseiller en fait d'éducation. Il lui lut
un traité assez insignifiant sur le vrai
prix de la science, et conclut que l'enfant devait avoir un gouverneur. Le
Major branla la tête, le remercia de
son avis, et revint à la maison. Selon
sa coutume, il conta toute son affaire
à son Hennig. — Le vieux Ministre est
un cher homme, Hennig; mais il est
possible qu'il n'entende rien à une éducation, car je n'ai rien compris à tout
ce qu'il m'a dit, quoique j'écoutasse
de toutes mes oreilles. Il m'a cité une
foule de noms que mon frère a toujours à la bouche; et si je lui demandais : Qu'est-ce que c'est que cela?
alors il me parlait d'atômes, de petites
choses que personne ne peut voir,

ainsi de suite. Tout cela n'est rien.
Qu'en dis-tu, Hennig?

Moi, je dis que je ne vois pas du
tout pourquoi un petit marmot serait
de suite fourré dans les livres. Lorsque
je servais encore sous le capitaine
Bredow, je tombai en quartier d'hiver
en Saxe chez un magister. ( C'est ainsi
que s'appellent les ministres, qui sont
beaucoup plus instruits que les ministres prussiens ). Notre magister avait
trois enfans qui étaient toute la journée le nez devant leurs livres. Ils ap-
prenaient et savaient déjà des choses
dont je n'avais de ma vie entendu
parler. Je respectais le magister comme
mon capitaine. Mais lorsque vint le
printems, j'allai quelquefois promener
avec les enfans; eh bien! ils ne savaient
pas la différence entre le froment et
le seigle, et ne pouvaient distinguer
le chêne d'avec le tilleul. Lorsqu'un
moineau sifflait, je leur demandais:
Quel oiseau est-ce là? — Alors ils vou-
laient savoir si son bec était taillé de
telle ou telle façon. Quand je l'avais

dit, ils en jasaient l'impossible ; mais
si bientôt je leur montrais l'oiseau, ils
ne savaient pas si c'était un hibou ou
bien une linotte. Bref, la science des
livres n'eut pas mon agrément. Ces
enfans parlaient de tout, et ne con-
naissaient pas la moindre chose. Que
diable ! un enfant doit pourtant apprendre à se servir de ses pieds, de
ses mains, de ses yeux et de ses oreilles,
avant qu'on l'ensevelisse dans les livres.
Car le courage qui nous fait paraître
sans crainte devant tout le monde, qui
nous empêche de pâlir comme un pé-
nitent, et de tenir la bouche serrée,
lorsque nous avons affaire à un fripon ;
l'art de se tirer d'embarras, lorsqu'ici
bas on se voit près de la tombe ; chacun
a besoin de cette science-là, et elle
ne s'apprend point dans les livres.
Voyez les savans ; les fripons n'ont-ils
pas toujours beau jeu avec eux ? Si
j'étais à votre place, M. le Major,
je laisserais croître le petit Hennig,
comme les arbres dans la forêt, gai et
gaillard. D'abord il commencerait à
connaître

connaître tout ce qui nous entoure à
une lieue à la ronde, les arbres, les
fleurs, les lièvres, les chevreuils, sans
oublier les hommes. Pour cela, je puis
le lui apprendre aussi bien qu'un magister, peut-être mieux. Il pourra aussi
courir, sauter, parce qu'il n'est pas
un chien destiné à la chaîne ; siffler,
gambader de joie sur la verdure et sous
l'œil de la Providence.

— Mais lire et écrire ! Hennig, et le
nom du bon Dieu, pour qu'il ne fasse
de mal à personne !

— Oh ! il apprendra bien de nous,
qu'il ne faut pas tourmenter les hommes, comme on tourmente un lièvre,
par plaisir.

— Il ne faut pas tourmenter les lièvres non plus, Hennig : grace au Ciel !
je n'en ai chassé encore aucun de ma
vie ; cet animal a des sens aussi bien
que nous.

— Oh ! je ne disais cela que par comparaison.... Vous avez aussi le forestier, l'intendant : l'enfant a de quoi
s'instruire pendant les six premières

années. Après cela, Dieu lui donnera
la force de faire le reste. Alors je ne
m'oppose plus à ce qu'il étudie le
monde dans les tableaux et dans les
livres : auparavant il faut qu'il voie
comment il est formé, et comment il
existe; car sans cela, il n'apprendrait
jamais à l'aimer.

Le Major ne connaissait pas d'autre
plan d'éducation pour son neveu, que
celui proposé par Hennig. Il s'en tint
là, se proposant bien en lui-même de
consulter un savant le plutôt possible.

Hennig menait donc avec lui son
petit filleul dans l'écurie, dans le jardin, dans la forèt, dans les champs,
à la pêche ; il lui faisait connaître de
son mieux la nature des chevaux et des
chiens, et dans ses promenades lui apprenait à distinguer le ramage des oiseaux. Le jardinier dut lui nommer
toutes les plantes du jardin, le forestier tous les arbres de la forêt, et l'intendant, l'instruire des travaux et des
détails domestiques. Pendant des heures
entières, l'enfant assistait avec Hennig

à la construction d'une grange, et souvent même il charioit du mortier sur un petit chariot. Ainsi il apprenait à connaître les outils des maçons et des charpentiers. Souvent il regardait faire le beurre, cuire au four, ou bien forger, et par-tout il se servait de ses yeux, de ses oreilles, de ses pieds et de ses mains.

Son vieux et brave gouverneur apprenait lui-même de toutes ses forces, pour ne pas être plus ignorant que son élève. Il commençait à remarquer certaines choses qu'autrefois il ne faisait qu'effleurer, et à faire des questions qu'auparavant il n'eût jamais faites. L'enfant acquit en effet des idées bien nettes de tout ce qui l'environnait. Dès l'âge de cinq ans, il menait les chevaux à l'abreuvoir avec son vieux ami; car quoique le vieux Hennig eût la principale surveillance de toute la maison, il s'était toujours réservé le soin des chevaux. L'enfant croissait comme un arbre de la forêt. Il agaçait les chiens de chasse de la cour, et était

toujours fait comme s'il eût eu besoin
lui-même d'aller se laver à l'abreuvoir.
Il adoptait avec avidité, et employait
les juremens favoris de ses deux maîtres, malgré leur défense, et la peine
qu'ils prenaient de s'en déshabituer
peu-à-peu. Il avait pour son oncle une
intime affection; mais avec Hennig ce
n'était qu'un corps et qu'une ame. Un
père ne pouvait pas aimer plus tendrement son fils; aussi ils ne se quittaient
jamais. Lorsque l'enfant avait cassé
quelque chose, et que le vieux hussard, fronçant ses epais sourcils, le
regardait d'un air fâché, ses beaux yeux
se gonflaient de larmes. Alors le vieux
lui tendant les bras, s'écriait : petit
sorcier ! — Et l'enfant se précipitait
sur sa poitrine, et lui disait : ne gronde
donc pas, bon Hennig ! — Oui, mais
tu ne devrais pas être si étourdi, petit
bon homme ! Et il pleurait avec l'enfant, qui restait bien une semaine sans
commettre une pareille faute.

Il est facile de penser que cette éducation, louable d'un côté, sous un autre

aspect, rendait l'enfant un peu grossier. On avait peine souvent à distinguer le fond de la couleur de l'uniforme
écarlate qu'il portait. Avait-il besoin
d'un cordon ? il coupait de sang-froid
une tresse d'or de son uniforme. Si
l'arrosoir était trop éloigné, il allait
puiser de l'eau dans son bonnet, pour
arroser ses fleurs. Souvent l'oncle s'appercevait de ce désordre, et lui disait :
comme te voilà fait ! — L'enfant se regardait depuis les pieds jusqu'à la tête,
et répondait : comment puis-je être
autrement, mon oncle ? je maçonne
une écurie dans le jardin. Je me suis
bien lavé le visage et les mains ; mais
Hennig m'a défendu de laver mon uniforme. — Cette scène se répétait plusieurs fois par semaine, et le Major
s'en serait peu soucié, si sa belle-sœur
lui eût épargné sa visite.

La première année, elle n'était pas
venue le voir. Pour lui, il montait à
cheval et allait de tems en tems à
Moorberg, mais sans mener avec lui
le petit, et il donnait pour excuse,

qu'il n'avait pas de voiture. Madame
de Halden savait déjà l'éducation rus-
tique que l'on donnait à son fils, et
elle se détermina enfin à prendre une
voiture et à partir pour Sollingen avec
ses deux enfans, moins dans le dessein
de revoir une fois son fils, qu'elle avait
oublié, que pour humilier d'une manière sanglante son beau - frère. Le
Major fut interdit, lorsqu'il vit entrer
dans la salle les deux enfans galam-
ment vêtus. Ils s'approchèrent de lui,
faisant, de distance à autre, la révérence, lui baisèrent les mains, lui
dirent quelques mots bien polis, puis
vinrent s'asseoir fort posément. — Où
est donc votre fils adoptif? demanda
la mère. — Dans ce moment la porte
s'ouvre avec bruit, et le petit Hennig,
alors âgé de 6 ans, les joues enflam-
mées, se précipite dans l'appartement
avec une joie empressée; car le vieux
hussard, ainsi que le Major, lui avaient
inculqué un amour respectueux pour
ses parens, et ses frère et sœur, mal-

gré qu'ils rougissent de se livrer trop
à ses affections sacrées.

Le petit était justement à maçonner
dans le fond du jardin, lorsque la
chaise roulait dans la cour. A peine
lui dit-on que sa mère, son frère et
sa sœur étaient là, qu'il jette sa truelle
et vole dans la chambre de son oncle.
Ses bas étaient descendus dans ses
bottes; son uniforme était plein de
mortier et de chaux, et ses mains mal-
propres. Le Major rougit et l'enfant
resta confondu, lorsqu'il eût jeté un
regard sur sa mère, son frère et sa
sœur. Son frère, âgé de sept ans, portait un habit bleu-clair galonné; ses
cheveux étaient retenus dans une
bourse, et ses faces soigneusement fri-
sées, étaient poudrées à fond. — Commence par te laver, dit le Major trou-
blé; et d'un saut, l'enfant était dehors.
Le vieux Hennig qui l'accompagnait,
lui releva ses bas, le revêtit de son
meilleur uniforme, et le renvoya dans
la chambre, lui recommandant bien

4

d'être fort poli et sur-tout de ne pas jurer une seule fois.

Naturellement l'enfant rentra d'un air un peu timide. Il s'approcha lentement de sa mère, lui donna un gros baiser sur la main, et se laissa caresser les joues. Son frère et sa sœur s'étaient alors levés, lui tenaient chacun une main, comme cela leur était ordonné, et lui disaient : mon cher frère ! — Le petit Hennig avait les yeux baissés vers la terre, et ne savait répondre une syllabe. — Il était justement occupé à maçonner, dit le Major à voix basse. — Maçonner ? reprit la mère en colère ; est-ce que par hazard vous en voudriez faire un maçon ?.. Viens un peu ici, mon fils, continuat-elle, et elle branla la tête, en le considérant du haut en bas, en face et par derrière. Le Major devenait de plus en plus embarrassé. Sa belle-sœur en fit la remarque et son visage se couvrit d'une joie cruelle. Pour le faire rougir encore davantage, elle commença à faire étaler à ses deux autres enfans, tout leur savoir-faire. Elle demanda à Emilie quelque chose en français, et la petite répondit dans la même langue. Son Charles en fit autant. — Sais-tu aussi déjà parler français? demanda la mère au petit Hennig. — Un peu, répondit l'enfant. — Jeune homme, tu mens! dit le Major étonné. — Non, mon oncle; à Rosbach les français disaient toujours : sacré-dieu! c'est Hennig qui me l'a dit.

Madame de Halden poussa un soupir et se mit à faire valoir les bonnes qualités et les talens de ses enfans. Lorsque le Major leur offrait une assiette de fruits, les enfans disaient: je vous remercie très-humblement, et ils lui baisaient la main. Hennig ne savait et ne faisait rien de tout cela. — Mais, mon dieu! dit enfin avec aigreur la mère au petit Hennig: tu ne sais pas la moindre chose, tu es une vraie bûche.

Le pauvre enfant était là debout, les larmes aux yeux; jamais personne

ne lui avait parlé si durement. Il dit
tout bas avec appréhension : je t'aime
pourtant bien, maman ! — et alors il
se jetta en sanglottant dans les bras
de son oncle, et se pendit à son cou,
posant sa petite tête sur sa poitrine.
— Voyez ! dit le Major, voilà ce qu'il
sait faire, aimer les hommes de tout
son cœur, et je crains bien que ces
deux-là n'en sachent pas autant. —
Alors il baisa l'enfant et lui dit : va
dans le jardin, mon cher fils, et prends
ton frère et ta sœur avec toi. — Il se
sentait prêt à dire des choses dures à
sa belle-sœur : c'est pour cela qu'il ne
voulait pas que les enfans restâssent
plus long-tems dans la chambre.

Hennig au jardin était dans son cen-
tre. — Qu'est-ce que c'est que cela ?
peut-on manger ceci ? demandaient
tantôt Charles, tantôt Emilie ; et Hennig donnait toujours la réponse qu'il
fallait. Il cueillit à sa sœur les plus
belles fleurs, et quand il voyait une
poire bien mûre, il s'élançait comme
un trait au haut de l'arbre, et l'appor-

tait en bas. — Ah! disait la petite fille :
comme notre bon frère sait grimper !
— Les enfans ne tardèrent pas à faire
une plus intime connaissance, et à jaser davantage ; alors le petit Hennig
parla de tous ses amusemens, et dit
qu'il savait monter à cheval. — Monter à cheval? lui demandèrent les deux
enfans tout étonnés. — Sur - le - champ
il va prendre son petit bidet à l'écurie, grimpe dessus et fait toute l'école
du manège, que son vieux gouverneur
lui avait apprise. C'était la seule chose
que son frère aimât en lui et qu'il lui
enviât. La petite Emilie était déjà plus
contente de Hennig. — Écoute, lui dit-
elle en souriant, après qu'il lui eut
montré tous ses petits ustensiles, ses
haches, ses scies, ses rabots et ses pistolets : je voudrais bien être aussi auprès de mon oncle, si cela était décent.
— Est-il bien décent, interrompit l'aîné, qu'une demoiselle porte de l'eau
et arrose des fleurs? c'est l'affaire des
paysans.

— Je suis un paysan, dit Hennig

6

avec contentement , et mon oncle pense
que je puis quelque jour devenir un
baron et un homme. — A ces mots , il
reprit sa course au galop. — Vois - tu
Emilie, dit Charles, comme il est mal
élevé ? tout-à-fait comme un paysan.
Maman me l'a bien dit. — Oui , fort
mal élevé , répondit la petite fille. Ah !
je voudrais bien , pourtant, quelquefois
lui ressembler.

Le domestique appela enfin les enfans. Lorsqu'ils furent sur la route de
Moorberg , Charles raconta à sa mère
comme son frère etait mal élevé. La
petite montra les fleurs et les fruits
qu'il lui avait donnés , et ajouta : Le
frère Hennig sait bien plus de choses
que Charles et que moi ; il est aussi
bien aimable... mais fort mal élevé ,
reprit-elle , rencontrant les regards de
sa mère.

Pendant que la mère et les enfans
s'entretenaient , le long du chemin, du
petit Hennig et de sa mauvaise éducation , le Major et son ami discouraient
aussi sur son compte. — Ce n'est pas

cela, Hennig ! dit le Major : écoute moi
bien. J'ai rougi de moi même, et y au-
rais-je été obligé, si nous faisions ce
que nous devons faire? Oui, s'il était
mon propre fils, vois-tu : je pourrais
le laisser aller sans bas ; mais il ne
l'est point. Cela ne peut pas rester ainsi.
Tout ceci vient de ce qu'il n'y a pas de
femme à la maison: j'entends une vraie
femme, et non une fille d'écurie ou une
cuisinière. Tu verrais comme cet enfant serait bien tenu, s'il y avait ici une
femme ou une fille vigilante. Ecoute ,
Hennig ; j'ai pensé à notre fille de la
Bohème. Si elle était ici.... Tiens, plus
de mille fois j'ai pensé que j'avois des
torts envers elle ; oui, mille fois. Ne
m'a-t-elle pas sauvé la vie? et que fais-
je en revanche? Je lui envoye tous les
ans, depuis que je connais sa demeure,
trois cents misérables écus, et elle m'é-
crit chaque fois une lettre qui les vaut
bien. Si elle avait des parens , ou si
elle était mariée, je me dirais : elle a
quelqu'un qu'elle aime , et elle n'a pas
besoin de toi. Mais elle est toute seule,

sans parens !... Il doit lui faire bien
de la peine, que je ne lui envoye que
de l'argent pour prix de son amour,
tandis que je lui suis si redevable. Il
me semble que je ferois bien de lui
écrire de venir. Je pourrais au moins
prouver par là que je lui suis attaché.

Hennig n'avait point de raisons à lui
opposer. Le Major écrivit, et quinze
jours après, au lieu d'une réponse,
mademoiselle Riesen arriva elle-même
au château. Hennig courut à la chambre
du Major, en criant : voilà notre fille
de la Bohême ! vivat ! Le Major avait
apperçu une demoiselle descendre de
voiture ; ainsi il comprit son Hennig,
et dans l'excès de sa joie, il se hâta
de descendre les escaliers, pour aller
au devant de l'arrivante. Il fut long-
tems sans pouvoir parler ; il se contenta de la serrer dans ses bras. Enfin
il s'écria : Annette, ame céleste ! que
je remercie le Ciel de te posséder !
Allons, dis-moi ce que je dois être :
ton frère ou ton père ? L'un et l'autre,
cher enfant, si tu veux m'aimer, et

outre cela toñ ami. Il fit monter à
Annette les larges escaliers, la conduisit dans sa chambre, et Hennig, de
l'autre côté, marchait près d'elle. Tout-
à-coup, le Major jeta les yeux sur le
fidèle hussard. — Regarde, Annette!
dit-il avec effusion, et serrant dans ses
bras son Hennig, voici comme j'aime
cet homme là! Demande-lui si un
frère peut l'aimer plus tendrement, il
te répondra que non. Eh bien! je veux
t'aimer de même; oui, t'aimer, malgré toute la terre. Car, qu'est-ce que
la parenté? elle vient de Dieu, et je
la respecte infiniment ( il ôta son
bonnet ); et Dieu sait combien il me
coûte de fermer quelquefois mon cœur
à mes parens. Si j'ai tort, que Dieu
me le pardonne! mais ils m'y contrai-
gnent. Et vous, que n'avez-vous pas
fait? Vous avez exposé votre vie pour
moi, et il est écrit dans la Bible : Il
n'est point de plus grand amour que
celui d'un homme qui se sacrifie pour
son frère. Ai-je tort? non (il remit son
bonnet). Vous êtes mes parens, mes

chers enfans : ô si vous pouviez lire
dans mon cœur !..... Ses yeux étaient
humides, sa voix entrecoupée ; il les
tenait tous deux embrassés.

Dès ce jour, tout prit un autre train
de vie dans la maison du Major. La
fille, ou, comme elle se nommait,
mademoiselle Riesen, avait jusqu'alors
manqué au Major, pour polir un peu
ses manières sauvages. Elle était fille
d'un ministre saxon, et dès le commencement de la guerre de sept ans, elle
s'était retirée avec son père et sa mère
en Bohême, dans un village où demeu-
roit un de ses parens. C'est là qu'elle
sauva la vie au Major, et le soigna
lorsqu'il était malade de ses blessures.
Quelque tems après, le village fut in-
cendié par les Croates. Alors, elle alla
en Lusace, chez un de ses parens ;
depuis, elle était entrée, comme dame
de compagnie ou plutôt comme femme-
de-chambre, chez une dame noble, où
elle avait souffert les peines de l'enfer.
Là, elle apprit fort heureusement la
résidence du Major, lui écrivit, et lui

dépeignit sa situation. Une estaffette
lui apporta la réponse, en outre, une
somme honnête, et l'assurance qu'il
serait pourvu à ses besoins tout le
tems de sa vie. Deux ans après, le
Major l'engagea à venir se charger de
l'éducation de son neveu, et elle convenait parfaitement pour cela, le malheur ayant fortifié son ame, et la connaissance des hommes lui ayant appris
la manière de se conduire avec eux.

Elle était alors âgée de 28 ans. Sans
être belle, la douceur de ses traits la
rendait intéressante, et dans ses yeux
brillait un regard spirituel. Le Major
la pressa de prendre le meilleur appartement du château ; mais elle choisit
une petite chambre basse, qui donnait
sur le lac. Il envoya son Hennig ache-
ter à la ville voisine quantité des plus
belles pièces d'étoffe pour son habillement. Elle accepta le présent, mais
elle pria qu'on lui laissât choisir par
la suite son mode d'accoutrement. Elle
garda ses habits simples, et se contenta
de leur donner une coupe un peu plus

élégante, parce que le Major préten-
dait qu'elle mangeât avec lui. — Nous
serons trois, dit-il ; car Hennig n'avait
pas voulu cesser de servir à table.

Dès le premier jour, on confia le
petit Hennig à Annette. — Formez - lui
seulement l'extérieur, disait le Major.
— Mais elle prit à tâche de s'occuper
aussi du reste. Le tems ne lui manquait pas pour le faire, n'ayant dans
sa partie que la surveillance supérieure
du ménage, qu'elle exerçait même à
l'insçu du Major ; car celui-ci ne voulait absolument pas qu'elle parût être
à son service.

Annette avait reçu de son père une
éducation très - soignée, et était fort
instruite. Ainsi, elle pouvait enseigner
à l'enfant à lire et à écrire, ce que
jusqu'alors avait fait le maître d'école,
qui trouvait son compte à faire durer
long-tems ses leçons. Le petit Hennig
apprit rapidement. Annette savait de
jolies histoires tragiques d'anciens che-
valiers, de naufrages, des contes d'enfans et de sorciers ; mais avant qu'elle

les lui racontât, il fallait que ses mains,
son visage et son uniforme fussent sans
la moindre tache. Le Major lui-même
écoutait les contes d'Annette, presque
aussi volontiers que le petit Hennig;
aussi il fallait que celui-ci passât d'a-
bord l'inspection de son oncle, avant
qu'ils entrassent tous deux chez la
Demoiselle.

Hennig et le Major tenaient assidu-
ment le petit bonhomme à l'école du
manége; le jardinier lui avait déjà appris à greffer et à marcotter, et le forestier le regardait comme un prodige,
parce qu'il connaissait tous les arbres,
et savait, sans se tromper, distinguer
un rossignol d'avec une grive. Il connaissait tous les villageois de Sollingen,
et sur-tout les pauvres, avec lesquels il
partageait souvent sa petite bourse. Il
s'était entièrement deshabitué des vi-
lains juremens, parce que mademoiselle Annette les lui avait défendus, et
les deux vieillards se gardaient bien
d'en prononcer en société, car Annette
aurait fait une mine sérieuse. L'enfant

était si aimable, qu'on ne pouvait le
regarder sans plaisir : toujours gai,
souriant, sincère ; toujours prêt à partager son cœur avec tout le monde;
doux avec tous les hommes, mais
prompt et tout de feu dans ses fantaisies et dans ses jeux ; courageux,
résolu, hardi, mais souple comme une
branche de jonc, lorsque mademoiselle
Annette l'avertissait du doigt. Déjà il
lisait à son oncle les gazettes, non en
traînant les syllabes, ou en chantant,
mais comme il faut ; car le Major, le
vieux Hennig et Mademoiselle elle-
même, prononçaient fortement tout
ce qu'ils disoient, ainsi que le font
tous ceux qui sentent ce qu'ils parlent.
Enfin il marchait aussi le corps droit
et les pieds bien en dehors. Cela lui
coûta beaucoup de peines au commencement ; mais mademoiselle Annette,
lorsqu'elle était contente de ses progrès,
lui racontait en récompense une aventure tragique. Six mois après, le Major
dit à Hennig : eh bien ! mon vieux,
que penses-tu de notre jeune homme?

Vois-tu qu'une femme d'esprit est un grand cadeau du bon Dieu ! A présent, je veux rendre une fois visite à ma belle-sœur.

Pour cette visite, on fit de grands préparatifs, car le Major avait sa petite vanité comme tous les autres hommes. Hennig eut un uniforme neuf, et son cheval une superbe housse. Depuis peu, le Major s'était aussi procuré une voiture ; — car, disait-il, il faut une voiture à la campagne, lorsqu'on a une femme à la maison ; et puis dis-moi, Hennig ! à qui pourrais-je avoir plus d'obligation qu'à cette précieuse Annette ?

On prit la voiture, pour que le petit ne fût pas obligé d'aller à cheval tout le long du chemin, ce qui pourtant lui eût fait bien du plaisir. Le hussard tenait le cheval à la main. Arrivé à une lieue de Moorberg, l'enfant sauta en bas de la voiture, et enjamba son bidet. On courut au trot jusqu'à Moorberg, et les trois cavaliers entrèrent au galop dans la cour du Chambellan.

On parut aux croisées. Le Major fit
un signe en souriant au vieux Hennig,
voyant que l'enfant ne se pressait pas
de descendre ; puis il prit son neveu
par la main, le conduisit en triomphe dans la salle, lui disant pourtant
tout bas : Les pieds bien en dehors,
Hennig !

La salle était remplie d'étrangers.
Tous les yeux se tournèrent avec satisfaction sur l'enfant âgé de sept ans,
qui était entré avec son oncle d'un air
décent, joyeux et confiant. Après une
révérence, dont mademoiselle Annette
eût elle-même fait l'éloge, et après avoir
été baiser la main de sa mère, il courut
à sa sœur, qu'il n'avait point oubliée
depuis sa dernière visite, et ouvrit sa
sabeltache, dans laquelle il lui avait
apporté des fleurs, des fruits et des
gâteaux. Le Major s'avança avec assurance vers son frère : — Voici ton fils !
mon cher Christophe.... Je te le dis,
ajouta-t-il tout bas, ce jeune homme
deviendra quelque chose. — Le père
sauta au cou du Major avec une affec-

tion inaccoutumée, puis il prit son fils
dans ses bras, le considéra avec bonté,
et lui donna un second baiser.

Tout le monde entoura le petit hussard. Les petites filles jouaient avec les
boucles de ses cheveux bruns, qui flot-
taient sur ses épaules. Chacun se l'ar-
rachait, le caressait, et venait féliciter
la mère de son bonheur. Elle remercia
poliment, et fit à l'enfant quelques
caresses, mais avec une froideur mar-
quée. Le Major aurait volontiers fait
seller ses chevaux, mais il espérait que
son petit gagnerait les bonnes graces
de sa mère ; de plus, il se ressouvint
qu'il avait promis la veille à mademoiselle Annette, de modérer ses empor-
temens. Il se mordit les lèvres, et se
tut. La mère appela Charles, et lui fit
une question. L'enfant répondit avec
beaucoup de justesse. Alors se tournant
vers une personne de la société : Con-
venez, dit-elle, que mon aîné se ti-
rera d'affaire à la cour. Bientôt elle
passa à l'examen du petit Hennig. L'enfant la regarda d'un air défiant, et ré-

pondit avec timidité, quelquefois même
de travers. Le Major avait un bon jurement sur la langue ; pourtant il eut
la force de le contenir. Cependant
le Chambellan avait parlé à ses hôtes
de son cabinet, et toute la société le
pria unanimement de faire voir les
raretés qu'il renfermait. On y alla, et
les enfans vinrent aussi. On ouvrit
d'abord une armoire vîtrée, qui était
pleine d'oiseaux empaillés. Il se tut,
pour se repaître des regards admira-
tifs de la société, qui elle-même garda
le *tacet*, comme si l'étonnement leur
avait à tous fermé la bouche. Emilie,
qui tenait son frère par la main, lui fit
remarquer l'armoire, et lui dit : Regarde un peu ! Qu'est - ce que cela ?
— Je vais te le dire, répondit Hennig :
le premier est un faucon ; là c'est un
épervier ; celui qui a de longues jambes
est un héron ; le quatrième est un
grand hibou ; ensuite tu vois une cicogne, et enfin un milan. Mais ils ne
sont pas à leur place, Emilie. Le héron
et la cicogne devraient être ensemble,

ainsi

ainsi que cette poule d'eau qui est là
au second rang; car ce sont des oiseaux
de marais, et ces oiseaux de proie devraient aussi être. l'un près de l'autre.

Toutes les têtes se tournèrent vers le
jeune Hennig, et il lui fallut nommer
tous les oiseaux, et les classer. Il les
connaissait tous jusqu'au flamingo.
— Celui-là, je ne le connais pas, dit-
il; mais il est aussi monté sur des
échasses. — Mon frère! dit le Chambellan, tu t'es procuré aussi un cabinet? —
Point du tout, reprit le Major, et même
mon Hennig n'en a jamais vu de sa vie.
Pendant ce tems, sur les questions
qu'on lui faisait, l'enfant se mit à rai-
sonner très-juste du caractère de ces
oiseaux. Il désignait leur nourriture,
distinguait les oiseaux de passage des
casaniers, et racontait mille choses mer-
veilleuses sur leur manière de vivre.

Le Chambellan ouvrit alors un tiroir
rempli de diverses sortes de bois. —Con-
nais-tu aussi ce que papa a là dedans,
demanda Emilie? — Le père lui présenta un morceau de bois : — Qu'est-

I.                                      E

ce que cela ? — Du bois de chêne, répondit Hennig. Pour le déconcerter, le
père soutint le contraire ; mais l'enfant
démontra positivement les marques
auxquelles il le reconnaissait, et l'on vit
clairement qu'il était sûr de son fait.
Il nomma alors la plupart des sortes
de bois, et parla (mais jamais sans être
interrogé ) de leur culture et de leur
plus ou moins grande utilité ; de sorte
qu'on s'apperçut bientôt qu'il ne parlait pas de ce qu'il avait appris dans
les livres, mais de ce qu'il avait acquis
par sa propre expérience. On lui montra
aussi les modèles de machines, qui
étaient dans le cabinet de son père. Il
devina la structure et la destination de
plusieurs, car il connaissait très en
détail les moulins à bled et à huile de
Sollingen et tous leurs ressorts; connaissances que tous les enfans pour-
raient facilement acquérir, si seulement
on les conduisait dans les moulins ou
auprès d'autres machines, et si on leur
en expliquait la structure.

Tous les assistans furent d'autant plus

surpris de trouver ces connaissances
dans un enfant, qu'ils en étaient eux-
mêmes entièrement dépourvus. Ils auraient été obligés de réfléchir long-tems
avant de pouvoir faire la distinction
d'un chêne avec un hêtre, et ici un
enfant distinguait un simple morceau
de bois d'avec un autre. On se chu-
chota généralement à l'oreille : c'est
admirable! incompréhensible! c'est un
prodige que cet enfant! — Toutes les
mères firent au Major l'éloge le plus
sincère de sa manière d'instruire, et
toutes voulurent apprendre de lui l'art
de pousser aussi loin leurs enfans. — Il
n'y a point d'art dans tout cela, Mesdames, dit le Major, le jeune homme
a seulement quatre ou cinq instituteurs
qui entendent parfaitement leur mé-
tier : voilà tout le mystère. Il apprend
l'histoire naturelle (c'est ainsi que mon
frère nomme toutes ces bagatelles), du
forestier dans la forêt, du menuisier
qui travaille le bois, du jardinier dans
le jardin, du fermier dans la grange et
dans la campagne ; pour cela, il n'a

besoin que de ses yeux, de ses oreilles
et d'un peu de mémoire. Son gouverneur en chef, mon vieux palfrenïer
Hennig, dont l'enfant porte le nom,
rôde avec lui par-tout dans les moulins, chez les cultivateurs, chez le bou-
langer, chez le tisserand et chez tous
les artisans qui se trouvent dans le village. Il voit ou apprend en tems et lieu
ce que la plupart des enfans n'appren-
nent que dans des estampes qu'ils ne
comprennent pas.

Lorsque l'on sut l'art et la manière
avec laquelle le petit avait amassé ses
connaissances, on commença pourtant
un peu à branler la tête. Un palfrenier
pour gouverneur! Cette idée détruisit
presqu'entièrement le triomphe du
Major, et la mère, qui jusqu'alors avait
eu la bouche close, reprit un peu
de courage. — Non, dit-elle, quand
mes enfans ne devraient jamais connaître un arbre, je ne permettrais jamais qu'ils fussent dans la société d'un
palfrenier. — L'avantage fut ici plus
que balancé. — Quoi! Hennig court

çà et là chez les gens de basse condition , chez les maçons et les tisserands !
Eh ! que lui sert de savoir comment
se fait la toile ?

— Que lui sert-il , ma sœur ? beaucoup. Cela m'a servi à voir bien des
choses en pareil cas. Il apprend à aimer
les hommes, parce qu'il sait combien
la plupart ont de peine à gagner leur
pain. Il apprend à les respecter, parce
qu'il comprend que ces hommes font
tout pour fournir aux agrémens de
notre vie , tandis que nous ne faisons
rien du tout pour cela. Il voit combien
de gouttes de sueur et de sang versent
les pauvres dans leurs petits champs ,
et jamais il n'ira chasser sur leurs terres
ensemencées. Voilà ce qu'il apprend,
c'est à remplir la sainte volonté du
Ciel , et non à céder aux desirs du
monde et de la chair.

On trouva les raisons du Major un
peu hérétiques et même déraisonna-
bles ; mais comme il avait terminé par
un passage du catéchisme , on n'osa
pas lui riposter. Les hommes gardaient

3

le silence, les dames babillaient entr'elles. On distingua seulement ces
mots : Oublier ainsi son rang ! Un palfrenier ! de petites gens ! ce n'est pas
dans l'ordre.

Madame de Halden observa alors un
peu les manières de son petit Hennig;
mais il se comporta si bien, si agréa-
blement, si raisonnablement, il se
montra si obéissant, et même si honnête envers les domestiques, qu'elle
ne trouva rien à gloser, et que l'enfant
récupéra les bonnes graces de tout le
monde, qui les lui avait presqu'entièrement retirées, à cause de ses rela-
tions avec son gouverneur. La mère
le fit lire. A son grand dépit, il lut
si parfaitement, que la compagnie re-
doubla d'éloges.

L'admiration des assistans ne suscita
dans le cœur de la mère qu'un sentiment d'animadversion, parce que son
favori était éclipsé. Charles, que la
mauvaise éducation de la mère avait
rendu déjà très-orgueilleux, et qui était
accoutumé à n'entendre jamais parler

de son frère qu'avec une sorte de mépris, était là debout, faisant piteuse
mine. Lorsque Hennig était arrivé, il
s'était réjoui de pouvoir l'effacer par
sa science, sur-tout en histoire naturelle, et ses projets étaient coulés à fond.
Du reste, Hennig n'écoutait guères
toutes ces belles choses que Charles
croyait dire ; il jouait tranquillement
avec Emilie, qui ne pouvait le quitter,
parce qu'il lui avait apporté tant de
jolies choses.

La mère remarqua Charles qui se
tenait debout d'un air affligé. Elle voulut pourtant satisfaire ses desirs, et dé-
bita, sur ses bonnes qualités, mille im-
pertinences visiblement fausses. On lui
prodiguait les louanges à toute ou-
trance ; mais on se penchait vers le
petit hussard, on le prenait dans ses
bras, on le baisait en disant : en vérité ! c'est un ange.

Ce jour là, le pauvre petit Hennig
parut encore plus haïssable aux yeux
de la mère, qui, sans cela, sentait déjà de l'aversion pour lui ; car il venait

4

de décourager son favori, à qui, d'un autre côté, il soustrayait l'héritage de son oncle. L'enfant, s'il était resté près d'elle, eut recouvré sa tendresse ; mais il partait avec le farouche et incivil Major, qui lui avait dit en face tant de vérités. Elle ne mit pas même la tête à la croisée, lorsque l'enfant remonta sur son bidet et reprit avec son oncle le chemin de la maison.

Pendant que la compagnie s'épuisait unanimement en éloges sur le compte du petit Hennig, la mère était prête à verser des larmes de dépit. Elle mena son favori dans sa chambre, et fit à son gouverneur des reproches amers, de ce que Charles ne possédait point les connaissances de Hennig. Il ne pouvait les acquérir, puisqu'elle ne permettait jamais qu'il descendît une fois au jardin sans elle. Le gouverneur promit d'opérer des merveilles : il tourna en dérision les connaissances de Hennig, et rappela la joie dans le cœur de l'impérieuse dame. — Soyez toujours diligent, M. le gentilhomme, dit-il à

Charles, il ne l'emportera pas sur vous.
— L'enfant s'écria avec empressement :
je veux aussi apprendre à monter à
cheval. — Très-volontiers, mon petit
Charles, répondit la mère, pour con-
tenter l'orgueilleux enfant, qui de cette
manière sentit croître sa haine dénaturée envers son frère.

Emilie n'était capable de haïr personne, et encore moins son frère.
Son bon génie lui avait donné une
gouvernante de beaucoup d'esprit et
d'un excellent cœur. A la maison, on
était fort mécontent de cette française,
justement à cause des bonnes qualités
qu'elle possédait, et elle eût été bientôt congédiée, si, au jugement des con-
naisseurs, elle n'eût parfaitement parlé sa langue. Elle-même ne restait que
par amour pour sa mère indigente, et
par attachement à Emilie, dans cette
maison, où chaque jour on l'écrasait
de tout le poids de l'orgueil nobiliaire,
en parlant en sa présence avec le plus
grand mépris de tous les roturiers, en
inculquant aux enfans à chaque oc-

5

casion, de tenir leur rang, et de n'a-
voir aucune relation avec les petites
gens. Elle écrivit à sa mère, qui ne
vivait que des secours de cette géné-
reuse fille : « C'est assez dans le caractère de l'homme, que le noble étale les
privilèges dont il jouit. Qui de nous
voudrait se laisser enlever un droit
dont il serait depuis long-tems en possession? Mais si tout cela est si naturel, la noblesse doit trouver naturel
aussi, que la roture la regarde avec
une constante aversion, et lui envie
ces prérogatives qu'elle fait tant valoir.
J'ai l'ame poignée, lorsque l'on parle
d'une mésalliance comme d'un trait de
vile friponnerie; cependant je me tais,
et je bois patiemment la coupe ».

On peut facilement penser, que la
gouvernante évitait le plus qu'elle pouvait la société de madame de Halden,
et qu'elle se tenait toujours à une distance convenable du gouverneur, que
ses flatteries et ses manières rampantes
lui avaient rendu méprisable. Elle était
la plupart du tems dans sa chambre

ou bien au jardin, et Emilie ne la quittait presque jamais. La petite fille apprenait beaucoup de sa gouvernante, parce que celle-ci aimait son élève; le garçon, au contraire, apprenait peu, parce qu'elle le voyait avec une espèce d'aversion. L'amour du maître pour son élève fait plus de la moitié de l'instruction.

La gouvernante attira Emilie à elle par tous les moyens imaginables, afin de préserver le cœur de cet enfant du poison de la vanité. Madame de Halden voyait avec plaisir l'assiduité d'Emilie auprès de la gouvernante, espérant qu'ainsi elle ferait des progrès rapides dans la langue française; et puis, Emilie n'était pas, à beaucoup près, autant aimée de la mère que Charles. Sur ce dernier reposaient tous les plans de grandeur, et celle-ci n'était qu'un accessoire de plus pour les appuyer.

Heureusement la mère ne pouvait pas influer beaucoup sur l'éducation d'Emilie, et la gouvernante grava de bonne heure dans le cœur de cet en-

6

fant un amour des hommes, que par
la suite il ne fut plus possible d'effacer. La gouvernante eut soin de rappeler aussi au souvenir d'Emilie, son
frère Hennig. Emilie, à son retour de
Sollingen, avait déjà raconté à sa bonne
beaucoup de choses de Hennig, et lui
avait confié tout bas : mon frère baise
quelquefois le vieux et sale hussard ;
mais je n'en ai rien dit à maman, elle
était déjà d'assez mauvaise humeur.

La gouvernante avait plusieurs fois
entendu madame de Halden parler du
Major (à la vérité, non à son avantage ), mais jamais elle ne lui avait
adressé la parole. Le gouverneur et la
française ne mangeaient pas à la table des
maîtres, lorsqu'il y avait des étrangers,
et d'ailleurs, Madame avait ses raisons
pour ne pas rapprocher le Major de ces
deux personnes. Mais la bonne entendait, par-ci, par-là, les gens de la maison parler du vieux Major avec tant
de vénération, qu'elle voulut le remarquer plus particulièrement. Le jour où
le petit Hennig vint au château avec

son oncle, Emilie le conduisit dans la chambre de sa bonne, et lui dit : tiens, mon cher Hennig, voici ma gouvernante ! — Qu'est-ce que cela veut dire, une gouvernante ? demanda le petit bonhomme, et la française le lui expliqua. — Bon ! dit-il : à présent je sais ; tu es pour Emilie la demoiselle Riesen, qui m'aime tant, et que nous aimons aussi tous, mon oncle, le vieux Hennig et moi.

La bonne s'informa plus amplement, et l'enfant lui décrivit à la lettre ce que Mademoiselle faisait toute la journée, combien son oncle l'aimait, etc.... L'air de bonté de cet enfant, sa franchise, sa soumission, ses manières pleines de confiance lui plurent infiniment. Elle plut aussi beaucoup à Hennig. Aussi, lorsqu'il revint à la salle, il courut à son oncle et lui dit à l'oreille : mon oncle, Emilie a aussi une demoiselle Riesen qui est bien aimable. — Le Major avait déjà, dès le matin, causé un peu avec Emilie, et avait remarqué en elle, avec plaisir,

que son caractère ingénu n'était point
encore gâté. Il lui fit des questions,
et elle lui raconta tant de bien de sa
bonne, que le Major se proposa de
faire sa connaissance. Lors donc que
le petit Hennig lui eut ainsi parlé, il
alla chez la bonne, entama avec elle
une conversation, et au bout d'un
quart-d'heure, lui tendit la main, serra
la sienne et lui dit : vous êtes une brave
fille, ma chère Demoiselle, et je suis
bien aise de trouver l'occasion de vous
témoigner ma haute estime. Mais, au
nom du Ciel ! comment vous tirez-
vous d'affaire dans cette maison ? —
Elle leva les épaules. — N'est-il pas
vrai, vous êtes ici au service de l'Egypte?
Mais écoutez, chère Demoiselle, j'ai vu
dans Emilie que vous êtes digne de bénédiction. Vous arrachez cette enfant
aux piéges du démon, vous la préser-
vez de ce maudit orgueil ; c'est une
bien douce jouissance. Tenez, j'ai aussi
le petit Hennig auprès de moi ; je crois
que la mère n'a point de tendresse pour
cet enfant, et il pourrait quelquefois

lui échapper un mot qui ferait une mauvaise impression sur Emilie et sur Charles. Là où les frères se haïssent, le diable a son jeu et la discorde a son trône. Ma chère Demoiselle, répétez quelquefois ces mots à ma petite, en présence de ses frères, et, s'il était possible, en présence de leur mère. Ne laissez pas oublier à ces enfans, que Hennig est leur frère, de même qu'il ne doit pas oublier auprès de moi que son cœur a ici son asyle. Nous pouvons tous deux faire beaucoup en secret; et comme j'ai entendu dire à mon frère, ma chère Demoiselle, que vous nourrissiez votre bonne et malheureuse mère dans sa vieillesse.... ne trouvez pas mauvais... Mes yeux se remplissent de larmes : j'ai eu aussi des parens et je sais combien vous êtes heureuse de pouvoir.... Qu'ai-je donc voulu dire?

La gouvernante le regarda fixement, seulement par motif de curiosité, ne sachant où il en voulait venir.

Il poursuivit. — Vous lisez dans mes yeux, chère Demoiselle, pour voir si je vous mens. Il en coûte assez, de ne pouvoir exprimer ce que l'on sent. — Elle le comprit encore moins. Il posa la main sur son cœur, et dit : expliquons - nous ; j'ai dans mon cœur un legs pour tous les malheureux, et là mère d'une si bonne fille doit avoir une vie heureuse. Ne prenez pas en mauvaise part si je tâche de faire quelque peu de bien à votre chère mère ; vous en faites tant aux enfans de mon frère ! — A ces mots, il posa d'un air embarrassé et confus environ 20 louis d'or sur la table. — Je vous en prie, ma chère Demoiselle, acceptez ceci. Mon frère m'a dit quels étaient vos gages dans cette maison ; en vérité, ils peuvent suffire à peine à vous habiller ; regardez cela comme un supplément.

La fille accepta avec attendrissement le présent du Major, et s'écria avec reconnaissance : ô ma mère ! — Le Major la pria de s'adresser à lui dans les circonstances embarrassantes où elle pourrait se trouver, et la quitta.

Le germe de l'amour fraternel qui

avait pris naissance dans le cœur d'Emilie, n'était plus à extirper; car la bonne
avait soin de joindre l'image du bon
Hennig dans tous les petits projets de
bonheur que la jeune fille se forgeait
dans l'avenir. Souvent elle l'entretenait de lui ; et lorsque par fois Emilie
avait à se plaindre de son frère Charles,
la bonne lui disait : Hennig n'aurait
pas fait cela. Le Major venait-il ? il
apportait toujours à Emilie quelques
douceurs de la part de son frère Hennig,
et réciproquement, au retour de Moorberg, il rapportait chaque fois, pour
son Hennig, de petits présens, que ses
parens et ses frère et sœur lui en-
voyaient. Emilie aimait donc son frère
de tout son cœur, quoiqu'elle eût bientôt à remarquer (car les enfans font
plus d'attention qu'on ne croit à la conduite des grandes personnes) que cet
attachement n'était d'aucun prix aux
yeux de sa mère. Elle demanda une
fois innocemment : mais pourquoi ètes-
vous donc fâchée contre le frère Hennig, chère maman ? — Et elle eut pour

réponse : parce que c'est un paysan
mal élevé, qui n'apprend rien. — La
bonne disait tout autrement, quoiqu'elle tâchât, en même-tems, de persuader à l'enfant, que sa mère aimait
aussi le frère Hennig. Emilie voyait
bien qu'on le haïssait; mais sans pouvoir en découvrir la cause.

Une fois, qu'il était venu encore à
Moorberg, elle prit sa défense; mais
elle s'attira une vive réprimande de
sa maman. Depuis ce moment, elle se
tut; et, comme il arrive presque toujours aux enfans, elle se plut à faire
certaines petites choses qui n'étaient
pas approuvées; mais que, cependant,
on n'avait point défendues. Elle conçut l'idée d'en aimer Hennig plus tendrement, et elle le fit réellement;
parce qu'alors son esprit n'était occupé
que de lui.

Entre Charles et Hennig, il n'était
plus possible de rétablir la bonne intelligence, malgré tous les soins que
le Major se donnait pour cela. Charles
accepta à la vérité un cheval ( il en

avait tant desiré un !), mais avec bien
de l'indifférence, lorsque le Major lui
dit que son frère Hennig le lui en-
voyait.

Hennig ne savait rien de tout cela.
Il aimait ses parens, son frère et sur-
tout sa sœur, parlait tous les jours
d'eux, et se réjouissait lorsqu'il entendait dire qu'il irait encore bientôt à
Moorberg. Jusqu'alors il n'eut pas la
moindre pensée que sa mère lui pré-
férât ses deux autres enfans ; il pouvait d'autant moins le penser, que tout
le monde à Sollingen l'aimait à la folie.
Outre ses occupations accoutumées, il
commençait maintenant à apprendre
par cœur les fables de Gellert et tout
le peu de français que savaient le Major
et mademoiselle Annette. Il écrivait
aussi bien qu'Annette elle-même, et
calculait sur ses doigts ou sur le
papier, presqu'aussi vîte que l'intendant qui lui enseignait l'arithmétique.
Mademoiselle Annette ne savait pas ce
qu'elle devait lui faire faire de plus,
et elle s'en tint uniquement à un prin-

cipe de son père : Qu'il fallait que les
enfans apprissent tous les jours quelque
chose par cœur. Mais en une demi-
heure, grace à son heureuse mémoire,
l'enfant savait la page qu'il devait apprendre, et puis il restait désœuvré.

Le vieux Hennig avait déjà souvent
murmuré de ce qu'on faisait apprendre
tant de choses à son favori ; mais bientôt il eut pour lui carte blanche, et
alors l'enfant montait à cheval, allait
à la chasse avec son maître. Souvent,
à la vérité, le vieux hussard sentait
venir ses larmes, lorsque son favori,
devant lui, déclamait à haute voix
cette fable de Gellert : « Mon ami me
» racontait que pour voir le Rhino-
» céros, etc. ». Mais pourtant lorsque
le plaisir était passé, il disait : tout
ce bavardage ne sert à rien dans le
monde. On peut débiter des choses à
tirer les larmes, et avec cela avoir peut-
être un cœur perfide. J'ai vu toute ma
vie que les gens qui savaient le mieux
jaser, étaient les moins capables d'agir.
Ils parlent de pitié, et leur cœur n'est

plein que de l'amour des richesses. —
Que faire pourtant, bon Hennig, demanda Annette ? — Le vieux n'en savait
rien. Tout resta dans le même état ; la
Demoiselle imposait des tâches, le petit
apprenait par cœur, Hennig l'écoutait
réciter, et apprenait avec lui les fables
de Gellert.

Le Major parut alors ne plus s'inquiéter autant du petit. Il se promenait
seul, s'asseyait à sa fenêtre plus souvent que de coutume et soufflait devant lui la fumée de sa pipe, en ru-
minant. Ni Hennig, ni Annette, ne
pouvaient le tirer de son morne silence.
Auparavant, son plus grand plaisir
était d'entendre le petit Hennig lui
déclamer des vers ; il l'écoutait en souriant, et appliquait une morale avec
les plus énergiques expressions ; à présent, la pipe à la bouche, il écoutait
négligemment le jeune homme, détour-
nait les yeux de dessus lui à la moitié
de son récit, pour les arrêter sur une
fleur du tapis, et son front se sillon-
nait de sombres rides ; il n'attendait

pas même jusqu'à la fin de l'apologue, et il allait se rasseoir à sa fenêtre, sans dire un seul mot.

Annette demanda à Hennig : qu'a donc M. le Major ? Et Hennig ne sut quoi répondre. Le mal croissait de jour en jour. Le Major allumait dix fois sa pipe, qui s'éteignait toujours, parce qu'il oubliait d'aspirer. Jadis, sitôt qu'il était à cheval, sa mauvaise humeur se dissipait, son front se déridait, et dans ces momens, personne n'avait à craindre de lui une réponse rebutante. Maintenant, il laissait tomber les rênes sur le cou de son cheval, et à peine était-il sorti du village, qu'il disait : Hennig, retournons, l'air est trop vif. — Hennig dit à mademoiselle Annette : nous revenions aujourd'hui à la maison, comme lorsqu'autrefois nous allions faire des réquisitions dans un village ; les chevaux ne pouvaient lever les pieds.

Faut-il mettre les chevaux à la voiture, mon cher M. le Major, et aller

chercher le médecin, demanda enfin
Hennig ?

— Le médecin ? reprit le Major en
se levant d'auprès de sa fenêtre, y
a-t-il quelqu'un de malade ici ? Ce ne
serait pas Annette, sans doute ?

— Annette ? eh ! plût à Dieu que
tout le monde fût aussi bien portant
qu'elle dans la maison ! elle est fraîche
comme une rose.

— Tu as raison, Hennig ; oui, comme
une rose ; son ame est aussi blanche
qu'un lys. Mais qui est donc malade ?

— Vous-même, M. le Major : dites-
nous ce que vous avez ; vous vous tour-
mentez et nous aussi.

— Hennig, est-ce bien vrai ? Dans
ce cas, pardonnez-le moi ; j'ai cru que
vous ne vous en appercevriez pas.

— Comment ! le petit lui-même s'en
apperçoit, et il est triste de ce que
vous n'écoutez plus entièrement sa
leçon. Ce n'est pas cela, M. le Major,
il faut nous dire ce que vous avez sur
le cœur, nous saurons bien y trouver
du remède. Je suis en peine et made-

moiselle Annette aussi. Tenez, vous revoilà déjà comme un général qui s'est laissé envelopper par l'ennemi, et qui va tirer l'épée. Allons, M. le Major, sabre en main, et faites-vous jour.

— Tout cela est bon à dire, Hennig! Je sais me battre, tu n'en doutes pas; mais si je n'avais à craindre que des balles, je ne resterais pas ici à la fenêtre, et je ne couvrirais pas mon visage avec ma main, comme je le fais si souvent à présent, parce que je ne sais plus où donner de la tête.

— Eh bien! qu'y a-t-il donc? — Le Major branla la tête. — M. le Major, continua Hennig avec émotion, souvenez-vous lorsque les maudits Croates vous blessèrent une fois, vous me dites alors : sauve-toi, Hennig, j'ai ma part. Je ne me sauvai pas, et vous portai secours, grace à l'aide de Dieu et d'Annette. Aujourd'hui vous branlez la tête, comme si vous vouliez encore me dire : sauve-toi, Hennig!.... Mais non, je reste. Dites-donc, que vous manque-t-il?

— L'ennemi m'a mieux atteint cette fois;

fois ; la balle est ici. ( Il posa la main sur son cœur, et Hennig le regarda fixement ). C'est assez, mon vieux, ce ne sera rien.

Mais Hennig ne voulut point en démordre ; il ôta son bonnet, et s'écria : M. le Major, parlez, je vous en prie. Quand même je ne pourrais vous secourir, eh bien ! je tâcherai de trouver aussi une fenêtre où.... M. le Major ! Les larmes me viennent aux yeux. Je vous en prie, dites.

Le Major allait de long en large dans la chambre, sans pouvoir se déterminer. Enfin il dit : mais, Hennig, sauras-tu te taire ?

— Oh ! comme si j'avais dans la bouche un boulet de 24.

— C'est une grande sottise de ma part, Hennig, d'avoir pris chez moi le fils de mon frère.

Hennig le regarda fixement, et une sueur froide couvrit tous ses membres, car il aimait le petit au moins autant que le Major, et il aurait volontiers donné son sang pour lui. Le Major

I. F

continua : Mais je sens que je ne puis faire autrement, car je sais que la mère n'a point d'entrailles pour ce garçon, et le père aime mieux un aigle empaillé, ou un bouvreuil, que tous ses enfans. Oui, je devais le prendre, et le Ciel m'en a béni, car tout le monde admire ce jeune homme; mais je n'en ai pas moins fait une vraie sottise. Tu le sais, j'ai toujours cru qu'il y avait de l'orgueil à faire un testament; il me semblait bien que ce devait être mon malheur. . . . Le petit est l'héritier de toute ma fortune; me comprends-tu à présent, Hennig?

—Non, pas du tout; car si un autre que le petit devait avoir Sollingen, votre cheval bai, votre Polak, votre Turc. . . . tenez, je brûlerais ce repaire jusques dans ses fondemens, et je passerais une balle à travers la tête des chevaux. Dût, après cela, le diable s'emparer de la maison et des sorciers l'habiter! oui, je la brûlerais.

—Et si elle devait appartenir à mes enfans, Hennig! ne voudrais-tu pas la leur laisser, et pourrais-tu la brûler ?

— Vos enfans ? — Hennig resta la bouche béante, sans pouvoir dire un mot. — Vos enfans ? demanda-t-il encore une fois : oh ! pour cela, c'est une autre affaire. Eh bien ! je resterais près d'eux jusqu'à ma mort ; et si je ne devais pas vous survivre, M. le Major, prenne Sollingen et les chevaux qui voudra. ( Dieu veuille pourtant prendre soin de tous ceux qui ont bien rempli leur service) ! Mais le petit est à moi, M. le Major, il est à moi. Enfans par-ci, enfans par-là ; je ne les connais point. Vous me disiez encore dernièrement que l'amour était la pure amitié du sang, et c'est vrai. Quand je vous aurai fermé les yeux, alors je pars avec le petit, fût-ce même en enfer.

— Et mes enfans, bon vieux Hennig, dit le Major en lui serrant la main ; mes enfans, pourrais-tu les abandonner ?

— Voyez un peu dans quel embarras un homme peut se trouver. Autrefois je savais en un clin-d'œil ce que j'avais.

à .dire ou à faire , et ici.... Je vais y
réfléchir , M. le Major.... Je ne puis
vous le promettre, je vous le jure sur
mon ame ; car si je promettais , il me
faudrait tenir parole ; et j'aime tant
le petit !... Je comprends bien à présent pourquoi vous soupiriez là sur
votre chaise. Moi-même me voilà ici
planté, et les larmes me viennent aux
yeux.... Mais dites-moi donc ; pourquoi n'y avez-vous pas pensé plutôt?

— Je ne l'ai pas su plutôt, répondit
le Major en rougissant.

— Vous ne l'avez pas su plutôt?
Mais diantre ! comment l'avez - vous
donc appris tout-à-coup ?

— Je ne l'ai pas appris tout d'un
coup , Hennig ; d'abord petit-à-petit,
tous les jours un peu plus ; un peu
lorsque nous étions à table ; un peu
lorsque j'étais assis près de la fenêtre,
jusqu'à ce qu'enfin je l'ai su entièrement.

. — Dieu nous préserve , M. le Major!
Vous me faites peur avec vos discours.
Il faut bien qu'une chose comme cela

s'apprenne tout d'un coup. — Il regarda son maître avec crainte et intérêt. — Où sont-ils donc vos enfans?

— Mes enfans? je n'en ai point encore; mais, Hennig, je pourrais me marier.

— Vous pourriez! Ah! vous m'avez presque tout saisi de frayeur.... En vérité, je croyais que les enfans étaient déjà à la porte. Oui, vous pourriez; mais vous ne le ferez pas.

— Tu as raison, Hennig; et c'est justement parce que je ne le ferai pas, que....

— Eh bien! qu'est-ce?

— Que je reste ici à la fenêtre, et que je passe comme une ombre. Voilà précisément la balle que j'ai dans le cœur.

— Diable emporte si je vous comprends! Vous ne voulez pas vous marier, et c'est pour cela que vous restez à votre fenêtre! Qui vous y force?

— Hennig, ne te l'ai-je pas encore dit clairement? Je voudrais bien me marier, mais je n'ose.

3

—Et voilà.... Ah! ah! un trait de lumière!... Et voilà ce que vous remarquiez tous les jours de plus en plus? Ah! diable! M. le Major; je comprends mieux à présent. A table vous le remarquiez un peu; c'est pour cela que vous étiez à contempler mademoiselle Annette, et que vous restiez si longtems sur votre chaise, que la plante des pieds me faisait mal, et que j'étais obligé de m'asseoir. Ainsi vous voudriez épouser mademoiselle Annette?

Le Major rougit et baissa les yeux.

— Victoire! s'écria Hennig. — Il jeta son bonnet en l'air, et voulut sortir à l'instant de la chambre.

Le Major le retint. — Hennig, tu as promis de te taire. Entends-moi donc, Hennig! Tu vois bien que je ne le puis; n'ai-je pas fait une sottise avec ce testament? J'ai les mains liées...

Hennig commença à le sentir. On se mit à réfléchir, mais on ne savait par quel bout prendre l'affaire. Annuller le testament, et ne donner à Hennig qu'une part d'enfant, parut à tous deux

une injustice, que d'autres auraient
regardée comme générosité ; car, disait
le Major, j'ai donné ma parole.

— Mais si cela ne peut aller, M. le
Major, vous allez chasser cette idée !

— Ecoute, Hennig ! je ne le puis,
quoique, à proprement parler, je ne
sache pas bien pourquoi. Lorsque mon
père mourut, ma belle-sœur me joua
mille tours, que je voyais bien, et qui
n'échappaient point à mon homme
d'affaires. Il eût fallu entamer un procès
avec mon frère, et l'herbe n'avait pas
encore seulement poussé sur la tombe
de mon père ; j'en aurais eu honte. J'en
avais bien envie, grande envie, sur-
tout voyant ma sœur agir si peu déli-
catement ; mais je me le suis chassé
de l'idée. Je pris Sollingen, et je m'en
contentai. Je me suis quelquefois ôté
de l'idée de pareilles choses, que tu ne
sais pas, et que personne ne doit savoir ; mais aujourd'hui, pas possible.
Quand je regarde Annette, je suis tout
singulier ; mon cœur se gonfle, et je
ne puis dire si je suis triste ou con-

tent ; je baissais les yeux à table , parce
que je me disais : vieux fou, qu'as-tu
donc à la regarder ? Alors je l'entendais parler , et je n'étais pas mieux. Je
ne répondais pas le moindre petit mot,
afin qu'elle ne parlât point elle-même;
mais alors j'entendais son souffle , et
j'étais obligé de la regarder malgré moi.
Enfin je m'en allais, mais elle était par-
tout où je tournais les yeux. Entendais-
je sa voix au dehors? mon cœur me
battait comme s'il m'eût fallu monter
à l'assaut d'une batterie. Je ne savais
pas au juste ce que c'était, et je pensais
toujours : eh bien ! cela vient de ce
que tu aimes cette fille. C'était bien
à-peu-près cela , mais autrement pourtant que je ne croyais. A la fin , je
remarquai bien clairement que j'étais
amoureux d'elle. Auparavant, je l'aimais , parce qu'elle est si fidèle, si
douce, si bienfaisante ! . . . mais à présent , je voudrais baiser cette main qui
distribue les mèts à table. Je considère
avec un ravissement réel cette taille
élancée et ce petit pied qui sort sous

le tablier. Qu'elle me donne la main ,
je tremble comme un pauvre pécheur.
Bref , Hennig , je suis amoureux d'elle.
Je riais toujours autrefois, lorsque l'on
disait : il est amoureux fou ; eh bien !
moi , vieille moustache de près de cinquante ans, il faut que j'apprenne encore que ce mot n'est pas vide de sens...
J'y ai réfléchi de toute manière , mais
ma tête ne peut rien enfanter. Je laisserais avec plaisir au petit tout ce qui
m'appartient , et reprendrais du service , à commencer par le grade de
cornette, si pour prix je devais recevoir Annette. Vois-tu ? c'est à présent
que je puis dire : sauve-toi, Hennig,
j'ai ma part.... Je n'abandonne pas
l'enfant, il sera mon héritier ; et grace
au ciel ! je n'ai pas encore eu l'idée
de changer.cette résolution, mais bien
d'opérer d'autres changemens , que je
rougis moi-même de dire, parce que
c'est une action qu'on ne pardonne pas
même à un jeune étourdi de vingt ans,
tandis que moi , vrai grison.... mille
fois je me suis dit : laisse le fonds au

5

jeune homme ; n'as-tu pas une belle
somme en argent et en effets ? Retire-
toi avec Hennig et Annette dans un
pays où personne ne te connaisse, et
vis heureux et tranquille. . . . Après
cela , j'en rougis moi-même. Que ferait
le jeune homme à l'âge de vingt ans,
si à cinquante son oncle part avec une
fille ? Non , il vaut mieux renfermer
son chagrin dans son cœur, que de
donner occasion au jeune Hennig de
dire, lorsqu'il fera une bonne sottise :
mon oncle n'a pas mieux agi. . . . Je
pourrais, il est vrai, prendre le jeune
homme avec moi ; ( qui sait pourtant
ce que je ferais ) ! je l'aime tendrement,
et mon cœur ne peut se détacher d'Annette. Tiens , Hennig, quelquefois je
regrette que les Croates ne m'aient
point passé sur le corps dans le tems;
qui sait quelles sottises ils n'eussent
pas empêchées ! Voilà où j'en suis ;
qu'en dis-tu ?

Hennig porta le doigt à son nez.—
Ce n'est pas un crime, M. le Major,
je le sais ; car le crime n'est pas dans

la nature. Cette honte dont vous parlez, n'est rien. On rougit aussi de la pauvreté, et ce n'est ni un crime, ni une honte. Ainsi, M. le Major, je ne vois pas pourquoi je vous aurais dû laisser accabler par les Croates. Ce qu'il faut faire du testament, je n'en sais d'honneur! rien; mais si une personne au monde peut donner un conseil, c'est Annette.

Le Major eût bientôt persuadé au vieux hussard, qu'Annette ne devait rien savoir. — Encore! dit Hennig; mais il faut que vous l'épousiez, et Dieu le sait, il n'y a point de mal à le faire; et cela sera possible; je parierais nos deux chevaux bais, contre les rosses de Monsieur votre frère.... Si seulement nous pouvions demander conseil à Mademoiselle Annette, elle nous donnerait bien vîte un moyen de nous tirer d'affaire avec le testament.

— Hennig! ne parle point de cela. A quoi bon des détours, comme si l'on voulait tromper? lorsqu'il est question de tenir sa parole, on a à faire avec sa

conscience et avec le bon Dieu ; et dans
ce cas, la ruse ne sert à rien. Oui, si
j'étais tranquille avec ma conscience, et
(ce qui est encore plus difficile), avec
Mademoiselle Annette, je laisserais dire
aux gens ce qu'ils voudraient. Ce serait, vois-tu, faire absolument comme
dit ma belle-sœur : il est des cas où
il faut taire ou masquer d'un voile ses
intérêts.... Il est vrai que je suis amoureux; mais je suis honnête homme, et
je veux l'être, tant que je vivrai.

Sur ces entrefaites, Annette entra
dans la chambre et annonça qu'on avait
servi. Le Major baissa les yeux en rougissant, et Hennig considérait Annette
d'un œil d'admiration. A table, Hennig était tout plongé dans ses réflexions,
et ne plaçait dans l'ordre ni les mêts,
ni les assiettes. Croyant avoir trouvé
un bon plan, il se porta derrière la
chaise d'Annette, et fit un signe gracieux au Major, pour le tranquilliser.
Le Major devint rouge. Annette remarquait, dans la glace, les manœuvres
du vieux hussard, et ses signaux; elle

s'apperçût aussi que le Major rougissait, et ne put deviner ce que ces deux
hommes pouvaient avoir entr'eux de
secret. Enfin, on se leva de table, sans
avoir dit un mot. Le Major se retira en
silence dans sa chambre, et Hennig alla
dans l'écurie, songer mûrement, au milieu de ses chevaux, aux moyens d'ai-
der son maître.

Il rêva jusqu'à minuit, calcula et dé-
brouilla enfin tout son plan. Dans le
transport de sa joie, il fit un saut et
s'écria: diable! cela m'a coûté plus de
peine qu'à déloger les Croates. Mais je le
tiens. — Il courut chez son maître, qui
venait justement de fermer ses yeux
accablés de soucis, l'éveilla et lui dit:
M. le Major! Annette est à vous, et
nous ne changerons pas une syllabe
au testament. Le Major se mit sur
son séant, et Hennig parla ainsi: votre
bien vous rapporte annuellement, bon
an mal an, dix mille écus clair et net;
et quand même il en rapporterait vingt
mille, vous n'entretiendrez plus les
veuves et les orphelins, pour que tout

cadre. Ainsi, M. le Major, vous dispo-
serez, à l'avenir, d'environ sept mille
écus, et vous en mettrez trois mille en
dépôt.

— Hennig, je ne laisserai jamais dans
le besoin les veuves et les orphelins.
Tout cela n'est rien.

— Eh bien! d'accord. Les trois mille
écus que vous mettrez en dépôt tous
les ans, seront pour la veuve et les orphelins qui vous sont les plus chers
au monde. Vous épousez mademoiselle
Annette; vous touchez bientôt à la cin-
quantaine, et d'après la bible, vous
avez encore, devant vous, vingt ans et
plus. Trois fois vingt donnent soixante
mille écus. Je suppose que vous ne vi-
viez plus que dix ans, vous aurez encore trente mille écus. Ainsi, si vous
avez trois enfans, chacun d'eux aura
dix mille écus; la portion est honnête.
Et puis, croyez vous donc que Hennig
laisserait vos enfans dans le besoin?

— Mais si je venais à mourir aussitôt après le mariage, Hennig, et si je
laissais une veuve et un enfant?

— Alors, j'ai quatre cents écus par an, et croyez-vous donc que je ne me suis rien amassé? A quoi pourrais-je donc employer tout cet argent que vous me donnez presque tous les mois? ajoutez-y la somme dont vous parliez aujourd'hui, et la bénédiction de Dieu, et une mère économe comme Annette, sans m'oublier moi-même. Croyez-vous que j'aie des bras attachés aux épaules, pour les balancer dans l'air, comme fait le petit, quand il récite ses leçons? C'est cela, en vérité! c'est bien cela! demain vous pouvez être fiancé.

Le Major se releva encore plus haut sur son lit, l'assurance résolue de son Hennig, l'animant d'un nouveau courage. Il avait lui-même conçu déjà ce plan ; mais il lui manquait, jusqu'alors, l'assentiment d'un honnête homme, et, dans ce moment, le plus honnête homme du monde se rencontrait dans ses idées. Le Major se leva; on alluma une bougie, on calcula encore une fois, et l'on compta les sommes qui se trouvaient dans le coffre-fort. Elles for-

maient environ quatre mille écus. —
C'est une réserve pour le besoin, dit
le Major. — Bon! reprit Hennig; elle
est précieuse. Mais vous avez aussi assuré déjà trois cents écus par an à
mademoiselle Annette : hoho! voilà
de l'argent assez. Dieu nous accorde
autant de baptêmes, que nous avons
de centaines d'écus!

— Mais que va dire ma belle-sœur,
objecta le Major, après un moment de
réflexion?

— Qu'elle dise ce qu'elle voudra!
nous ne touchons pas au testament.
Il faut vous marier : et moi, pauvre
Gilles, depuis le tems que mademoiselle Annette est ici, je n'y avais pas
songé! Je serais en état d'aller l'éveiller
encore à cette heure, tant je suis
content!

Le Major poussa un profond soupir,
et ramassa lentement l'argent. — A
quoi servent nos calculs, dit-il, si
Annette ne veut pas m'épouser? Hem!
voilà encore un Croate qui nous tombe
sur les bras, Hennig! que ne pouvons-

nous le mettre en fuite !..... Elle est
jeune et jolie, et moi, je suis dans le
fait un barbon. Et puis, ma vivacité,
mes bouderies du mois dernier, pour-
raient bien m'avoir mal recommandé
auprès d'elle. Mais Dieu sait que mon
amour pour ce cher enfant en fut la
cause ! Si elle voulait m'accorder sa
main, je pourrais lui promettre de ne
jamais laisser sortir une mauvaise parole de ma bouche.

— Ah ! que dites-vous ? Comme si
depuis long-tems je ne le savais pas
mieux que vous-même ! tout cela n'est
rien.

— Que sais-tu donc, Hennig? dis
un peu. Tu dois voir que j'ai raison.

— Je sais qu'Annette vous aime
comme un père, et qu'elle parle toujours de vous les larmes aux yeux ;
dernièrement encore elle disait : M. le
Major se tient à cheval comme un
jeune homme... Allons, chassez-moi
cette idée : suffit, Annette consent.

— Si elle ne voulait pas, Hennig !....

Grand Dieu ! je l'aime pourtant de si bon cœur !

— Eh ! M. le Major, je veux l'aller sommer demain. Mais je vous le dis, elle veut bien.

— L'aller sommer ! cela ne convient pas. Il me semble qu'il faut agir décemment. Grace au Ciel ! nous ne voulons pas son malheur. J'y réfléchirai encore cette nuit ; à demain. — Hennig s'étant retiré, le Major compta encore son argent et s'endormit pour la première fois de sa vie au milieu des calculs.

Le lendemain matin, Hennig se leva de bonne heure, et tira de l'alcove le grand uniforme. Il alla demander de la poudre à Annette, et sourit en dessous, lorsqu'elle lui en donna. — Voyez, dit-il au Major, en montrant la boîte à poudre, l'ennemi nous fournit lui-même les munitions avec lesquelles nous voulons le bombarder. — Le Major ne voulait d'abord point de poudre ; il pensait qu'il fallait agir

oyalement. Mais sur les instances de
on Hennig, il se laissa poudrer, en-
lossa son plus riche uniforme., chaussa
ses bottes à retroussis jaunes, se cei-
gnit de sa ceinture et frisa ses moustaches. — A présent, dit Hennig, vous
pouvez charger hardiment.

Hennig ouvrit la porte. Le Major
poussa un profond soupir, regarda en
dehors avec inquiétude, sans marcher,
et lorsque Hennig lui répétait : allons
donc ! il avançait le pied, que bientôt après il retirait. — C'est une grande
sottise que ma démarche, murmura le
Major.... Après tout, que peut-il m'arriver autre chose, que d'entendre un
*non* de la part d'Annette ! — Elle dira
*oui*, répartit Hennig. Mais allez donc,
sinon elle va en vérité descendre au
jardin : en avant, marche !

— Tu es sûr qu'il n'y a personne
avec elle, Hennig ?... et puis, n'écoute
pas à la porte, entends-tu ?

— Le petit est aux champs, je lui
ai enjoint de ne pas se montrer ici

avant le dîner ; sans cela, il pourrait bien vous prendre en flanc.

— Je ne sais en conscience pas ce que je dois dire, Hennig ; il faut que j'y réfléchisse encore un petit quart d'heure.

— Point de réflexions ; il faut dire ce que le cœur vous inspire.

Le Major passa lentement le seuil, et descendit le corridor qui conduisait à la chambre d'Annette. Hennig resta debout à la porte et le suivit d'un œil satisfait. Plus le Major approchait de la porte, plus il rallentissait le pas; déjà il courbait les doigts pour frapper ; mais il fit réflexion et revint auprès de Hennig, qui ne cessait de lui faire des signes de la tête et des mains. — Si elle vient à dire *non?* — Hennig se mit à jurer pour la première fois depuis long-tems. — Ecoute, Hennig, dit le Major, et il s'assit sur une chaise : je voudrais auparavant avoir un peu battu le buisson ; non à cause de moi, mais à cause de cette

brave fille. Nous agissons avec elle,
comme avec un ennemi déclaré. Si
auparavant elle s'appercevait de quelque chose, elle pourrait au moins
faire ses réflexions, se mettre en mesure. Elle est dans le cas de s'effrayer,
si je fais irruption dans sa chambre,
comme sur un pays ennemi.

— Eh ! elle s'en appercevra bien,
sitôt que vous entrerez chez elle. Et
puis, Annette sait toujours ce qu'elle
doit répondre, puisqu'elle ne dit jamais
que la vérité. Ainsi, allez donc ! vous
perdez le plus bel instant.

Ils méditèrent tous deux encore pendant une demi-heure. Le Major se le-
vait et se rasseyait. Enfin, au moment
où il était déterminé à partir, il entendit la voix d'Annette, qui, sautant
dans le corridor, passait devant la
chambre du Major, et descendait les
escaliers pour se rendre au jardin auprès des ouvriers. — Ne l'ai-je pas bien
dit ? aujourd'hui le coup est manqué.
Après-midi, le petit ne la quittera pas.
Tout aurait pu être arrangé à présent,

et vous ne seriez plus là, assis comme une Notre-Dame désolée.

— J'aime mieux attendre à demain, Hennig ; je vais t'en dire la raison : j'ai encore la moitié de l'écrin de ma mère, ma belle-sœur a l'autre moitié ; j'ai regret aujourd'hui, pour la première fois, de m'être laissé engeoler le meilleur ; mais à quoi pouvait-il me servir ? Annette ne fera pas attention à ce cadeau, je le sais ; mais cela vaudra mieux : je commencerai par-là, et un mot en amènera un autre. Il faudra bien qu'elle demande pourquoi je lui fais ce présent. — Il sortit l'écrin du tiroir, et tous deux s'occupèrent à nettoyer les bijoux avec tout le soin imaginable. Annette survint dans ce moment, pour dire quelque chose au Major, et elle ne fut pas peu étonnée de le voir ce jour-là en grand uniforme. Hennig posa les bijoux sur la table, sortit de la chambre, pour laisser nos amans seuls, et se campa quelques pas en avant de la porte, parce qu'il ne devait pas écouter.

Le Major rougissait toutes les fois qu'Annette le regardait, et il n'avait pas le courage de lui faire les propositions. Annette étant sortie quelques minutes après, Hennig l'examina avec inquiétude et d'un air de curiosité ; mais ne remarquant que de l'indifférence dans sa physionomie, il murmura un Diable emporte ! avec mécontentement, et rentra dans la chambre auprès de son maître.

Annette branlait la tête, et se disait en elle-même : que peuvent-ils avoir tous deux ? Le Major, en grand uniforme et poudré pour la première fois depuis qu'elle était dans la maison ; le rouge qui lui avait monté à la figure la veille à table ; aujourd'hui les signes et les aller et venir de Hennig, et puis ce nettoyage des bagues et des brasselets ; tout cela paraissait bien étrange à Annette. A midi, le Major vint à table, paré de manchettes de point, et frais rasé. Pendant tout le repas, il ne faisait que rougir, et Hennig ne cessait de lui faire des signes en souriant. Après

dîner, le petit raconta à sa chère demoiselle, que Hennig lui avait défendu
d'aller dans sa chambre cet après-midi.
Annette ayant combiné tout cela, et
pensant d'ailleurs à toutes les inquié-
tudes qu'avait manifestées le Major la
semaine précédente, n'eut pas de peine
à concevoir l'idée qu'il avait des desseins sur elle. Elle fut très-allarmée, et
ses pensées formaient un tel chaos,
qu'il lui fut impossible de déterminer
ce qu'elle devait faire. Après le dîner,
elle évita à dessein la rencontre du
Major et de Hennig ; le lendemain
matin, elle s'habilla à la hâte, descendit les escaliers sans être apperçue,
et fit une longue promenade dans la
campagne.

Le Major s'était vu contraint la veille
d'entendre Hennig gronder énergique-
ment de ce qu'il n'avait pas mis à profit
l'instant favorable ; mais ce jour - là
il promit d'être plus résolu. Il fut habillé en un clin-d'œil, traversa à grands
pas le corridor, se tint un petit discours à lui-même, et frappa avec har-
diesse

iesse à la porte d'Annette. Comme
ersonne ne répondait, il frappa une
conde fois, même une troisième.
nfin il ouvrit la porte, et la cham-
re se trouva vide. Il revint lentement
r ses pas, et dit en branlant la tête :
ennig ! il semble que cela ne doit
as avoir lieu ; j'ai tout le malheur
ιaginable.

— Que parlez-vous de malheur ? C'est
n bonheur, vous dis-je, et un bien
rand. Elle n'est pas dans sa chambre ?
utrefois pourtant elle y restait tous
es jours jusqu'à dix heures, s'occupant
chanter, à lire, ou à coudre... Ah !
h ! mademoiselle Annette ? .... Ne
oyez-vous pas, M. le Major, qu'elle
st déjà prise ? Hier au soir, à table,
lle devenait rouge, lorsque vous rou-
issiez, et elle pouvait à peine vous
résenter une assiette, tant sa main
tremblait. Aujourd'hui elle s'enfuit.

— Tu appelles cela *victoire*, Hennig,
lorsqu'elle tremble et qu'elle se sauve ?
ne t'ai-je pas dit qu'elle ne voudrait

pas? Tu vois bien qu'elle craint d'être
obligée de me dire *non :* voilà pourquoi elle m'évite ; car quelle autre
raison pourrait-elle avoir ?

—Ne tremblez-vous pas vous-même?
et cependant n'êtes-vous pas bien résolu de l'aller trouver? J'ai été obligé
de vous persuader en père de prendre
la voie la plus directe ; mais faites ce
que vous voudrez , je prétends faire
aussi ce qu'il me plaira. — A ces mots,
Hennig sortit de la chambre , et descendit, malgré les cris répétés du Major
qui l'invitait à rester.

Sitôt qu'Annette fut revenue des
champs , Hennig alla droit à elle, et
lui dit : Mademoiselle Annette , il faut
aller sur-le-champ chez M. le Major,
il a quelque chose d'intéressant à vous
dire. — Ce ton jeta Annette dans un
nouvel embarras. Le Major n'aurait pu
parler ainsi, s'il avait des desseins sur
elle ; et pourtant , sur qui en aurait-il?

— Ne sais-tu pas , Hennig, ce que
M. le Major me veut? demanda-t-elle

un peu émue, et elle monta l'escalier
avec lui d'un pas rallenti.

— Ce qu'il veut, mon cher, mon
brave maître?.... Mademoiselle Annette, que je voudrais bien savoir si
vous l'aimez seulement la moitié autant
qu'il vous aime!... Je vous en prie,
chère Demoiselle, donnez-lui une réponse favorable; vous lui avez sauvé
la vie, rendez-la lui heureuse : en un
mot, il veut vous demander en mariage.

— Mon Dieu! Hennig, je ne puis
pas aller chez lui; c'est impossible, le
Major n'a pas donné cet ordre-là.

— C'est vrai; il vient de moi. Mais
allez dans votre chambre, et ne vous
échappez plus une seconde fois. Monsieur doit venir chez vous, cela est
dans l'ordre; mais il ne faut plus qu'il
reste là assis, qu'il soupire, qu'il vive
/dans le chagrin. Je ne vous donne plus
qu'une heure. Il est si bon! Et si vous
avez de la tendresse pour lui, chère
Demoiselle ( ce que Dieu veuille )! ne
lui faites pas attendre plus long-tems

l'heureux *oui*. En vérité! vous serez
une femme bien heureuse.

Hennig alors alla trouver le Major,
et lui dit en peu ,de mots : Mademoiselle Annette est au logis, et vous attend. Allez, mon cher M. le Major, et
que Dieu soit avec vous ! — Il attira
dans le corridor le Major interdit, le
conduisit jusqu'à la chambre, et frappa
à la porte d'Annette. Le Major entra
et trouva Annette en pleurs. Ce spectacle l'allarma d'abord, mais lui rendit
bientôt tout son courage. — Cher enfant! dit-il, en saisissant sa main et
essuyant ses yeux avec son mouchoir,
ne pleurez point; jamais je n'ai fait
couler d'autres larmes que des larmes
de joie. Votre œil ne doit pas être le
premier qui verse à cause de moi des
pleurs de tristesse. Non, cher enfant!
je ne songe pas à vous contraindre,
Dieu le sait ! je voudrais seulement
vous persuader, si je le pouvais. Tenez,
je renonce à toutes mes espérances...
Pardon ; une Demoiselle, aussi aimable

que vous, doit sans doute s'étonner qu'un homme de mon âge recherche sa main. Sans mon vieux Hennig, j'aurais encore gardé le silence, et vous n'auriez appris qu'à mon dernier soupir, combien le vieux Major vous aima tendrement. Séchez les larmes de ces beaux yeux, cher enfant; je ne prétends pas vous troubler, seulement ne méprisez pas celui qui vous chérit.

Annette pleurait encore davantage. Les yeux du Major étaient remplis de larmes, il voulait s'en aller. Annette le retint, et poussa un profond soupir, pour donner jour à ses paroles. — M. le Major! dit-elle enfin tout bas, êtes-vous bien sûr que vous seriez heureux avec moi? Avez-vous bien pensé à tout? avez-vous songé à vos parents, au petit Hennig, à votre testament?

— J'ai pensé à tout, cher enfant; je n'ai pas fait une telle démarche à la légère. Nous avons, Hennig et moi, médité une nuit entière sur cet article, et moi seul j'y avais réfléchi auparavant tout un grand mois; mais que ce ne soit

3

pas ce qui vous guide. Personne ne doit
forcer sa propre inclination, et vous
devez suivre l'impulsion de votre cœur.
N'en parlons plus, ma chère, et ne
versez plus de larmes.

—Eh bien ! je veux donc suivre mon
inclination, M. le Major. Je ne puis
donner ma main à un plus généreux
homme que vous, ni à aucun autre que
je puisse aimer plus que vous. Oui,
mon cher M. le Major, je suis à vous;
mon cœur vous appartient insépara-
blement. — Elle lui tendit la main avec
un regard affectueux.

Le Major s'attendait si peu à cette
réponse, qu'il resta comme privé de
l'usage de ses sens. Il pâlit, puis bientôt
son visage se couvrit d'un rouge de
feu, et sa main trembla. Elle le conduisit à un fauteuil. — C'est donc bien
vrai ! dit-il enfin, et il colla ses lèvres
sur sa main : vous ai-je bien entendue ?
Grand Dieu ! quoi ! vous voulez être
ma femme ! est-ce là votre pensée ?

— Oui, je veux être votre femme,
parce que je vous aime de toute mon

ame ; je veux tâcher de vous rendre heureux , et d'être moi-même heureuse dans vos bras. — Dans vos bras ? chère Demoiselle ! s'écria le Major, et il la pressa sur son cœur ; dans vos bras ? Est-il donc vrai ? — Annette enlaça ses bras autour de son cou, et tous deux se tinrent étroitement embrassés.

Hennig, qui cette fois pourtant avait écouté, avança alors la tête en dedans de la porte avec précaution. Dès qu'il vit qu'on s'embrassait, il se précipita dans la chambre, baisa la main d'Annette, et s'écria : Dieu soit loué ! vous êtes la digne femme de M. le Major. Dieu soit loué ! mon cher, mon heureux maître ! — Le vieillard bondissait de joie, et faisait mille folies. Tout-à-coup il sortit comme un trait, et revint bientôt avec l'écrin , qu'il remit en main au Major. Celui-ci le regarda en souriant , et dit : va reporter cela , Hennig ; nous avons tous deux, Annette et moi , dans les yeux, des perles d'un plus grand prix que ces bagatelles. Hennig, je craignais ; voilà pourquoi j'étais un

4

enfant : maintenant je redeviens le
Major de Halden. Annette acceptera
cela maintenant que nous n'avons plus
rien à nous dire : remporte-le. Je voudrais être ici en robe de chambre. Nous
étions des enfans, Hennig et moi, ma
chère Annette, malgré notre âge. Voyez,
n'avais-je pas endossé mon habit de
parade et poudré mes cheveux, comme
si j'avais voulu vous éblouir ? Dieu soit
loué, que tout se soit ainsi passé, et
que vous n'ayez pas remarqué toutes
nos grimaces ! ... Remporte ces mi-
sères, Hennig.

Annette sourit. Mais bientôt on s'oc-
cupa sérieusement du testament du
Major. Le plan que son amour avait
créé, parut à Annette un peu tenir du
roman ; mais comme le Major, dans
la vivacité de ses sentimens, ne faisait
aucune mention des enfans qu'il pouvait espérer, elle passa sans peine sur
les difficultés. D'ailleurs, elle ne les
trouvait pas si grandes ; elle était tour-
mentée davantage par l'idée de ce que
la belle-sœur du Major dirait de son

mariage. Le Major la fit bientôt disparaître, et enfin il ne se rencontra plus d'obstacle à leur union.

Pendant ce tems, Hennig était descendu et n'avait pu contenir sa joie. En une demi-heure, toute la maison et, au bout d'une heure, tout le village sut que mademoiselle Riesen et M. le Major allaient être époux. Tout le monde se réjouit de ce mariage. Lorsque mademoiselle Annette se fit voir dans la maison, on la fixa avec bienveillance, et l'intendante même lui fit déjà compliment. Annette pria alors le Major d'aller à Moorberg, pour que la nouvelle n'y arrivât point par un autre canal.

En une heure, le Major était déjà à cheval avec son vieux Hennig, et trottait sur le chemin de Moorberg, pensant toujours à son bonheur; lorsque d'une éminence il apperçut la tour. — Hennig ! dit - il, nous serons bientôt arrivés. Comme le tems s'est écoulé ! Il me tarde de savoir ce que va dire ma belle - sœur. — Dans tout le reste du

5

chemin, il ne dit plus un mot sur cet article. Il examina de plus près les questions qu'on allait lui faire, et ne put se dissimuler qu'il n'aurait que des réponses bien incertaines à donner. Il recommençait à voir de tous côtés des difficultés. — Ecoute, dit-il enfin à Hennig, d'un air inquiet, il me semble que je vais en enfer. Faut-il donc avoir toute sa vie de misérables chicanes ! Je ne sais en vérité comment s'y prennent les gens qui font toujours des sottises.

— Hem ! répondit Hennig, ils raccommodent une sottise par une autre.

— Je donnerais une bonne somme, si je pouvais faire de même. Fais y bien attention ; ma belle-sœur va me martyriser cruellement ; et le pis, c'est que je n'aurai à répondre que ce qu'un fripon peut dire. Il est vrai que je pourrais m'en référer à l'acte qui porte cette condition : *Si le Major ne se marie pas, ou n'a point d'enfans.* Mais pourtant, j'ai promis à ma belle-sœur de ne point prendre de femme. Si je lui dis,

que Hennig restera l'héritier de mes
biens, vois-tu? elle ne voudra pas y
croire, et je ne puis m'en formaliser;
car, n'aura-t-elle pas droit de dire? *Qui
a menti une fois, ment toujours :* et
qu'aurai-je à lui repondre?

— Tout ce que vous voudrez. Madame votre belle-sœur ne trouvera rien
de bien; car, quels remercîmens avez-
vous jamais eu à lui faire! Mais, sur-
tout, ne souffrez pas qu'on vous dé-
possède du petit. Je ne le rendrai pas;
c'est moi qui vous le dis.

Ils approchaient toujours de plus
en plus de Moorberg. Le Major passa
cette fois le pont-levis au petit pas,
contre sa coutume, et sans dire le
moindre mot des vierges Grecques du
dessus de la porte.

Qu'aurait pensé le Major, s'il eût
sû de quelles espérances sa sœur se
berçait depuis plusieurs semaines! elle
avait à Sollingen, dans le nombre des
domestiques, un espion qui lui avait
rapporté: Le Major est malade, il ne
monte plus à cheval, ne sort plus de

6

la chambre, et reste assis à table sans manger, sans souffler un mot. Hennig et la Demoiselle sont dans la plus vive inquiétude, et le vieux Major ne veut pas entendre parler de médecin. C'était, en effet, la vérité. D'après cela, madame de Halden disait à tout le monde, d'un ton plaintif et avec des yeux épians : mon beau-frère de Sollingen est malade ; il ne mange, ni ne parle plus. Grand Dieu ! comme les fatigues de la guerre peuvent ruiner la santé la plus robuste ! il tombera à l'automne avec les feuilles. Voilà ce que lui dictaient ses secrètes espérances, plutôt que son espion. Si le Major venait à mourir, elle serait en possession de Sollingen jusqu'à la majorité de Hennig, et personne ne pourrait l'empêcher de retirer, pendant dix ans, les revenus de cette terre. Elle croyait ses espérances tellement fondées, que son mari n'osait plus lui dire, comme il le pensait : mon frère nous survivra à tous. Quelques semaines auparavant, il avait parlé à-peu-près dans ce sens ;

mais la bonne dame, le visage en feu,
lui répondit : ne raisonne donc pas si
peu sensément ; je te dis, qu'il ne pas-
sera pas l'automne. Je ferai venir ici
les meubles, car je ne veux pas dépen-
ser un denier pour ce misérable vieux
château, dussé-je être la cause qu'il
s'écroule en ruine. Si Hennig veut l'habiter, il pourra le faire reconstruire,
lorsqu'il sera majeur. D'ailleurs, cet enfant héritera plus que son frère. —
Plus que son frère ? ma chère femme ;
comment peux-tu parler ainsi ? tu sais
pourtant, à un liard près, ce que rap-
portent Moorberg et Sollingen. Elle re-
partit avec chaleur, et le Chambellan
se tut, selon sa coutume.

Ce jour là, elle était à sa fenêtre,
lorsque tout-à-coup elle vit entrer à cheval, dans la cour, un homme frais et
de bonne mine, celui-là même qu'elle
croyait gisant au lit de la mort. Elle se
retira de la fenêtre, d'un air effaré, et
se tournant vers son mari, lui dit en
pleurant de dépit : voici ton frère !....
Dieu me le pardonne ! mais il me

fera mourir. Que je suis malheureuse!

— Ma chère femme, au nom de Dieu! que t'a-t-il encore fait?

— Ce qu'il m'a fait? va, va à sa rencontre, il monte dejà les escaliers; pour moi, je ne puis le voir.

Au même instant, le Major entra dans la chambre, mais non avec cet empressement accoutumé, au contraire, comme préoccupé et toussant d'un air inquiet. Madame de Halden resta, et sa première demande fut: comment vous portez - vous. donc, Monsieur mon frère? — Le Major répondit par quelques hem! branla la tète, prit un siège, et regarda devant lui à terre ; d'un œil sombre. Il ne savait par où commencer, et prit un détour. Ecoutez, ma sœur, j'ai pensé à cette carrière qui m'appartient ; elle est trop loin de moi, mais plus à votre portée. Depuis long-tems, je sais que vous en avez envie, et comme le jour de naissance de Charles approche, je veux lui en faire cadeau.

Tout-à-coup les rides disparurent du

visage de la dame ; son œil s'éclaircit et ses lèvres sourirent. — Ah ! mon bon frère ! vous ne pouvez pourtant pas cacher votre bon naturel ; il faut toujours que vous donniez.

— Que je donne ? et de tout mon cœur, ma sœur. Que ne ferais-je pas, si je savais que vous prissiez part à mon contentement !

— Mon cher Major, demandez à mon mari, comme je me suis informée de votre santé.

Eh ! mais, je n'ai pas été malade. Ecoutez, c'était un drôle de cas, ma sœur ( il passa la main sur son visage ). Oui, vous apprendrez, je pense, avec plaisir, que je suis, à présent, parfaitement heureux. Voyez, quoique vieux pécheur, je me suis mis en tête de me marier. Heureusement, le Major fixa le plancher, sinon il aurait remarqué, à la pâleur de sa belle-sœur, quelle part elle prenait à son bonheur. Mais, ajouta-t-il aussi-tôt : Hennig, ni les autres enfans n'en souffriront point ; les anciens arrangemens subsistent.

· Ce fut pourtant des paroles conso-
lantes pour la dame. Son mari en détruisit l'effet par cette question : mais
comment cela est-il possible, mon frère,
si tu as toi même des enfans? dis moi
un peu, comment cela est il possible?

— Ecoute, mon frère, as tu jamais
vu que j'aie manqué à ma parole? ..

— Oh oui, malheureusement, dit la
belle - sœur aigrie : n'aviez vous pas
promis solemnellement de ne pas vous
marier?

— C'est vrai, je reconnais ma faute;
mais c'était contre les commandemens
de Dieu, savez vous?

— Eh bien! vous direz aussi, que
ce serait contraire aux commandemens
de Dieu, de repousser ses propres enfans, pour laisser hériter des neveux.

— Qui parle de cela? je ne voudrais
repousser, pas même, un chien. Mais
supposé qu'il me vienne dix enfans,
aucun ne sera dans la misère, et Hennig n'en aura pas moins Sollingen.

Dans le même moment, Charles entra dans la chambre. La mère courut

à lui, le serra dans ses bras en pleurant à chaudes larmes, et s'écria : pauvre
enfant ! malheureux enfant ! que de-
viendras tu ? ton propre oncle te rend
malheureux.

— Mille diables ! s'écria le Major :
Madame, Dieu veuille avoir pitié....!
Regarde, mon frère, je tremble de tous
mes membres.... Comment ! j'ai fait le
malheur de cet enfant ? Dieu me punisse ! il sera encore plus riche que
moi, quand même il devrait partager
avec son frère. Pensez-vous, que je ne
sache pas quel est votre but, et à quoi
tendent vos efforts ? je ne dois pas me
marier, afin que cet enfant-là puisse
vivre dans l'opulence et l'avarice. Et
puis.... Dieu me pardonne ! mais c'est
la vérité.... Voilà tout ce que la mère
fera de ce blanc-bec. Vous êtes ici les
bras battans toute la journée ; vous tail-
lez et rongez vos gens, vos vassaux,
le sacristain et le gouverneur ; vous
laissez la grêle, la stérilité, l'épizootie
et le feu, exercer leur ravage autour
de vous, sans vous en inquiéter. La

bénédiction de Dieu se change, pour
vous, en pure malédiction. Vous ne
pouvez pas entendre les gémissemens
de ceux qui ont faim, assiégeant votre
coffre-fort, sans que le cœur ne vous
fasse mal, et tout cela, parce que cet
enfant, qui dès demain peut se trouver
réduit à coucher sur la paille, doit dé-
venir une excellence!... Voilà, oh!
je le sais, voilà pourquoi Hennig vous
était à charge. Dieu de bonté! voilà
pourquoi cette mère reniait.... Il se
précipita sur le jeune homme, et lui
dit : va dans ta chambre, garçon, tu
n'as rien à faire ici.

L'enfant s'élança hors de l'appartement, et le Major baissa le ton. —
Diable! je ne voyais pas cet enfant.
Dieu me pardonne! Un enfant ne doit
pas connaître les fautes de ses parens.
Mais c'est vrai, vous dis-je; et si j'étais
le bon Dieu, ver de terre que je suis,
je tirerais mon sabre, et vous rosserais
de manière à vous faire passer ce goût
d'avarice et d'avidité. Voilà donc pourquoi aucune fille ne me convenait!

voilà pourquoi l'on disait que ma vivacité rendrait une femme malheureuse !
Maintenant je suis plus au fait. Ici je
suis vif ; mais , grace à Dieu ! près de
ma femme et près de tous les malheureux , je suis doux comme un agneau.
Si je venais à mourir , vous ne vous
leveriez pas du prie-dieu ; vous place-
riez devant vous le coffre - fort ; vous
feriez chamarrer d'or votre oratoire ,
et y graver vos armoiries , preuve de
votre haute noblesse , afin d'apprendre
au bon Dieu que des gens de condition sont à genoux à ses pieds. Pensez-
vous que cela puisse bien tourner ? Non ,
sans doute , ou bien il n'y aurait point
de Dieu dans le Ciel. Ce jeune homme
ne sera qu'un fou orgueilleux avec sa
bourse à cheveux et ses boucles de
pierreries ; le fléau de ses sujets , voilà
ce qu'il sera ! Et lorsqu'un jour nous
paraîtrons à nud devant le tribunal de
Dieu ; lorsqu'il ne sera plus question
de clefs de chambellan , de titres de
comte , de seigneuries, mais bien de
ses bonnes actions ; lorsque des sujets ,
que Dieu vous a assignés comme à des

administrateurs de ses bénédictions,
invoqueront la malédiction.... Non,
Dieu veuille que cela ne soit pas ! c'est
le petit-fils de mon bon père.... Mon
cher Christophe, si notre vertueux
père, qui ne pouvait laisser aller les
pauvres sans les assister, te voyait ici
empailler des oiseaux, tourmenter tes
gens, crever les yeux aux pinsons ( ce
qui causait la peine de mort chez les
payens privés de la raison, comme me
lisait dernièrement le petit Hennig )!
grand Dieu ! que ne dirait-il pas !

A cet endroit, le Major baissa tout-
à-fait le ton. L'idée de son père le re-
concilia avec son frère et avec son
neveu. — Je t'en prie, mon frère, continua-t-il, en le prenant par la main,
crois que je pense bien de vous tous
au fond de mon cœur. Ainsi, comme
je l'ai dit, Hennig aura Sollingen ; c'est
aussi sûr que le monde existe, eussé-je
même autant d'enfans qu'il y a de jours
à l'an.

Cette assurance étonna madame de
Halden ; après un pareil orage, elle

s'attendait que le Major renoncerait à toute convention, et pourtant il voulait la laisser subsister dans son intégrité. — Quoiqu'il en puisse résulter ; se disait-elle, Hennig aura pourtant au moins sa part d'enfant, et je pourrai détacher cette part de l'héritage paternel en faveur du bien-aimé Charles.

Dans cette vue, sitôt que le Major se radoucit, elle toucha aussi des cordes moins hautes. — Mon Dieu ! frère Frédéric, dit-elle, faut-il ainsi vous déchaîner contre une mère à demi-malade, qui parle un peu trop par tendresse pour ses enfans ! Il est assez naturel qu'une mère s'occupe du bien-être de sa famille.

Cela aurait pu donner lieu à une nouvelle discussion de la part du Major ; mais ces mots : une mère à demi-malade, l'avaient déjà désarmé. — A demi-malade ? dit-il avec commisération : ah ! pardon, je n'en savais rien. Ce n'est qu'à présent que je m'apperçois de la fausse couleur de votre visage. Qu'avez-vous donc ?

Bref, on commença à s'entendre.
— Et qui est donc votre épouse, mon,
frère, demanda enfin la belle - sœur?
— Mademoiselle Riesen , cette même
fille qui me sauva la vie en Bohême;
une bonne fille, aussi bonne que spirituelle , et qui, en vérité, vaut dix
fois mieux que moi. — Madame de
Halden pâlit de nouveau. — Quoi! une
roturière, et de plus , une fille qui n'a.
rien ! — Elle voyait déjà escamoter à;
son Charles la moitié de sa fortune;
car comment, se disait-elle, cette mendiante pourrait - elle souffrir qu'un
étranger co-partageât dans sa maison?
Une fille du commun, une gouvernante, une servante ( jamais elle n'avait
vu autre chose dans mademoiselle
Riesen ), va s'appeler, comme moi,
madame de Halden , et osera même me
nommer sa sœur ? — Son sang bouil-
lait , et ses lèvres bleuâtres tremblaient
d'envie de parler. Pourtant elle se tut,
connaissant trop bien les principes de
son frère sur ce point, pour pouvoir
espérer le moindre triomphe; et il est

vrai de dire que le Major n'avait jamais
pensé une seule fois que la commune
extraction de sa future pût être un
obstacle à leur union. Tout-à-coup il
vint à l'esprit de madame de Halden,
que cette fille, pour devenir une grande
dame, consentirait volontiers à tout
ce qui se ferait pour l'avantage de
Hennig, et que ses enfans n'étant que
demi-nobles, porteraient moins loin
leurs prétentions sur l'héritage, que
de vrais nobles.

Cependant il lui fut impossible de
garder un silence absolu. — C'est pourtant votre gouvernante ! dit-elle mali-
gnement,

— Dieu m'en garde ! dit le Major
avec vivacité ; elle ne s'est nullement
occupée de l'entretien de la maison ; et
il fit une longue apologie d'Annette,
parla de son amour pour Hennig, de
sa bonté, de son intelligence, et raconta comment il s'était amouraché
d'elle, comment ils s'étaient donné leur
foi, et comment enfin il avait appréhendé qu'elle ne lui refusât sa main.

—Cette crainte était superflue, dit
madame de Halden, souriant avec
dédain.

Le Major ne comprit pas sa belle-
sœur, et se contenta de répondre :
c'était pourtant ainsi, j'en suis sûr;
mais aussi, qui aurait pensé que j'eusse
pu plaire à un si bon et si bel enfant!

Madame de Halden se fit répéter
encore une fois la promesse, que ce
mariage ne ferait point de tort à Hennig. Le Major aurait pu obtenir plus
qu'il ne voulait; car madame de Halden
pensait seulement à une part d'enfant
pour Hennig. Il fit son invitation pour
les noces; la belle-sœur accepta, et
fut assez honnête pour lui dire : au
premier jour je viendrai vous voir à
Sollingen ; il faut que je fasse connaissance avec votre future.

Le Major satisfait embrassa sa belle-
sœur, descendit les escaliers en riant,
et dit, lorsqu'il fut à cheval, Hennig!
ils sont plus raisonnables et de meilleure composition que je ne l'aurais
cru. — Aussi, il passa au grand galop
le

le pont - levis , et se hâta d'arriver à Sollingen, pour tranquilliser Annette.

Quelques jours après , madame de Halden fit la visite annoncée. On voyait à sa marche, à sa mine et à sa brillante mise, qu'elle voulait en imposer. D'après son propre caractère , elle avait cru trouver aussi Annette bien parée ; mais celle-ci n'avait que le plus simple accoutrement de ménage. Cette modestie, que madame de Halden prit pour de l'humiliation , pour de la crainte , lui inspira l'espoir d'avoir un plus beau jeu. Elle parla à Annette d'un ton froid, pourtant poli ; mais elle s'était trompée sur le compte de cette fille , et en une demi-heure elle se vit contrainte de renoncer à la moitié de ses attentes. Annette fut honnête sans être rampante ; à tous les conseils que lui donnait la grande Dame , elle répondait gracieusement : cela s'arrangera ; je suis très-contente de l'organisation actuelle de ma maison, et j'espère que tout ira bien comme jusqu'à présent. — Quoique ces mots fussent dits avec dou-

cœur, ils piquèrent néanmoins Madame;
mais le terrible Major était là, et il
fallut se taire.

Dans un moment où madame de Halden se trouva seule avec sa future
belle-sœur, elle amena la conversation
sur Hennig et sur le testament. Annette
répondit posément : je n'ai rien à dire
là dessus, c'est l'affaire de M. le Major;
mais cela s'arrangera : je puis seulement vous assurer que vous ne pouvez
pas aimer le jeune Hennig plus tendrement que je ne fais.

Madame de Halden s'en retourna,
sans être sûre de son fait. Arrivée chez
elle, elle se déchaîna avec une fureur
mordante contre cette fille, qui non-
seulement ne sentait pas l'honneur de
devenir la femme d'un noble, mais
même ne paraissait pas d'humeur à se
laisser maîtriser. Toutes ses démarches
n'avaient donc abouti à rien. Qu'attendre en effet d'une fille qui n'avait
pas jeté un seul coup - d'œil sur ses
bagues de brillans, qui l'avait reçue
d'un air calme, sans montrer d'embar-

ras, et qui, à tout propos, faisait cette
fine réponse : cela s'arrangera ! Elle se
repentit bien mille fois de n'avoir pas
fait sentir à cette mendiante tout le
poids de son orgueil lésé, du moment
où elle s'était apperçue que tous ses
plans étaient détruits. Elle avait remarqué qu'il y avait intimité entre
Annette et le vieux Hennig ; que pouvait elle attendre de ces deux êtres,
sinon qu'ils cherchaient à attirer à eux
le Major, pour soustraire sa fortune
aux dépens de la famille ? Sa haîne
contr'eux et contre le Major prit de
profondes racines. Oh ! disait-elle avec
un dépit amer, que je voudrais n'avoir
pas rendu visite à cette mendiante !
comme elle va triompher ! et le vieux
grossier hussard, comme il va se moc-
quer de moi !

Elle avait vu combien son fils était
pénétré de tendresse pour Annette, et
cette tendresse envers une femme
qu'elle croyait sa plus mortelle ennemie, acheva d'étouffer dans son cœur
le dernier reste des sentimens mater-

nels pour le jeune garçon. Elle le haïssait alors presqu'encore plus que tous
les gens de Sollingen, qui cherchaient
à dessécher le double germe de son
existence, l'orgueil et l'ambition. Elle
se voyait à-peu-près sûre de perdre la
fortune du Major, et elle aurait volontiers rompu avec lui, si elle n'avait
encore été retenue par l'espoir qu'il
pourrait bien ne pas avoir d'enfans.

Elle ne vint pas à la noce, parce
qu'elle était malade. La femme du
Major lui rendit quelque tems après
une visite, et fut reçue par sa belle-
sœur d'une manière si visiblement
froide, que le Major siffla bien dix
fois la marche de Dessau, et remercia
le Ciel lorsqu'il fut remonté en voiture avec sa femme. — Ils ne me re-
verront pas de sitôt, murmura-t-il en
lui-même, et il tint parole. Ses voyages
à Moorberg devinrent moins fréquens,
et chaque fois il ne restait que quelques
heures.

Il s'opérait alors un grand changement relativement à l'éducation du petit.

Hennig. D'après le conseil d'Annette, on lui donna un gouverneur. Tous les cœurs volèrent au-devant de l'homme auquel on voulait confier l'enfant chéri. Le Major le serra dans ses bras, avec sa cordialité accoutumée; la Dame lui donna la main, et lui demanda son amitié. Un gouverneur ne pouvait commencer ses fonctions sous de meilleurs auspices. Le Major et Annette assistaient souvent à ses leçons, et tous deux lui témoignaient la plus sincère considération, et le traitaient comme leur ami. Le jeune homme remerciait son étoile, qui l'avait conduit dans cette maison, où l'on venait au devant de tous ses desirs. On lui donna, en propre, un cheval de selle; outre cela, le Major lui fit, de la manière la plus délicate, des cadeaux considérables, et lui donna, de plein gré, l'assurance qu'il aurait la riche cure de Sollingen après la mort du vieux Ministre.

Le gouverneur crut être devenu nécessaire au Major, parce que celui-ci aimait sa société. Il disait souvent, qu'il pourrait s'occuper aussi de l'éducation du jeune homme, même étant Ministre, et le Major y consentit. Enfin le jeune gouverneur, pour qui le Ministre vivait trop long-tems, annonça le desir de devenir son adjoint. Le Major ne le trouva pas mauvais, et promit de parler au Ministre. Cette proposition jeta l'effroi dans l'esprit du vieillard; il crut qu'un adjoint était comme un testament, le précurseur d'une mort prochaine, et pria instamment le Major de lui laisser couler sans soucis le peu de jours qui lui restaient encore. Le Major renonça de suite à ses desseins, et dit au gouverneur : je conviens que c'est un préjugé qu'a cet homme; nous autres, nous avons aussi notre côté faible, et cependant nous disons dans nos prières : Pardonnez - nous nos offenses, comme nous pardonnons, etc.... En un mot, le vieillard ne veut pas.

Mais, M. le Major, reprit le gouverneur, il doit le vouloir, sitôt que vous l'ordonnez : vous êtes le maître.

— Cela est vrai ; mais je troublerais les derniers jours de ce bon vieil homme.

— Que nous importe, M. le Major, s'il a des préjugés ?

Le Major le fixa avec une paire de grands yeux ; pourtant il se retint, parce qu'il avait une bonne opinion du gouverneur. — Que faire enfin, si le vieillard ne le veut absolument pas ?

— Vous pouvez le désigner au consistoire, comme incapable de remplir ses fonctions.

— Mais diantre ! reprit le Major, ce serait mentir, et le bon vieux en mourrait de chagrin.

— Comment ! mourir ? M. le Major : il conserverait les revenus de la cure ; et d'ailleurs, il est assez vieux.

Un rouge de feu couvrit le visage du Major. Il prit le petit Hennig par les épaules, et lui dit tout en colère : vas près de ta tante, jeune homme ! Puis se retournant d'un air effrayant vers le gouverneur : — Monsieur ! tout est rompu entre nous. Permettez-moi

de vous le dire, un homme qui a le
cœur de remplir d'amertume les derniers jours d'un vieillard, ne peut
être le gouverneur de mon neveu.
Comment diable ! je devrais mentir,
pour commettre une injustice envers
un vieillard qui n'a fait de tort à personne ! Monsieur ! si vous n'aviez pas
été le précepteur de mon jeune homme,
je vous le jure, je vous frotterais les
épaules !... — Il courut à la fenêtre, et
cria à un domestique : les chevaux à
la voiture...... Monsieur ! faites vos
malles, et *marche*. Vous pouvez être
l'adjoint du diable ou de ma..... (il
voulait dire : de ma belle-sœur, il
étouffa le mot) mais vous ne le serez
point d'un honnête homme.

A ces mots, le Major quitta l'appartement, compta une somme d'argent
et l'envoya au gouverneur. — Non,
dit-il au vieux Hennig, qui voulait
parler pour lui ; il faut qu'il parte dès
ce soir, et dût mon garçon ne jamais
savoir écrire son nom, ce Monsieur
ne sera jamais son précepteur. Qu'im-

porte au Ciel si l'on sait écrire ; mais
là, il faut un bon cœur et de la droiture.

Le Major, selon sa coutume, ne re-
parla plus de cette aventure. C'était
une petite dissention, disait-il, quand
on lui en parlait. Que voulez-vous? le
jeune homme ne voulait pas rester.
— On crut le Major d'autant plus, que
le gouverneur répandait les mêmes
bruits dans les environs, où il resta
encore quelque tems, et il ajoutait :
le garçon est une tête dure et une
grosse bête : le Major est un fou; le
palfrenier gouverne toute la maison.
La dame aurait bien voulu que je res-
tasse ; son mari est vieux et.... elle
m'a fait quelquefois des présens.

Le bruit s'en répandit jusqu'à Moorberg. La femme du Chambellan joi-
gnait les mains, en parlant de la conduite de son beau-frère. Elle racontait,
en poussant de pieux soupirs, avec quel
scandale sa belle-sœur vivait, et comme
son fils se perdait dans les mains d'une
si abominable famille. Mais, disait-

on, reprenez donc votre enfant. — Le
puis-je? répondait-elle, en haussant les
épaules, un arrangement de famille me
lie les mains. Quoi! j'amènerais ce méchant garnement dans ma maison! il
gâterait mes deux autres enfans. Tels
étaient ses discours, et ses calomnies
s'accréditaient. Le Major eut deux gouverneurs, l'un après l'autre; mais tous
deux, au bout d'un mois, furent obligés de quitter la maison, et firent courir les contes les plus extraordinaires,
touchant la manière de vivre de la famille.

Cet éternel changement de gouverneur frappa le Major lui-même; il entendit une partie des bruits qui rou-
laient sur son compte, dans les environs, et ils firent tant d'effet sur lui,
qu'il allait quelquefois se promener seul
à cheval, pour se livrer à ses réflexions.
Dans une de ces promenades solitaires,
il rencontra, au milieu d'un bois, un
homme qui fixa son attention. Cet
homme était assis sous un hêtre, et
mangeait un morceau de pain, qu'il

partageait bouchée par bouchée, avec
son chien. Il était habillé comme un
pauvre, et pourtant on lisait sur sa
figure, le plus parfait contentement.
Le Major le salua en passant, et cet
homme ôta son chapeau. — Vois-tu?
dit-il à son chien, en souriant et le ca-
ressant. — Que pourrait-il voir, ce chien?
demanda le Major, à qui il était impossible de se taire, à la vue de cette
physionomie si riante. L'étranger se
mit à rire. — Parbleu! dit-il, d'un ton
gaillard : je voulais lui faire remarquer
votre politesse. Il est rare de voir un
homme à cheval, bien vêtu, et qui
plus est, un officier, ôter son bonnet
ou son chapeau devant un piéton, dont
les habits sont en lambeaux.

— Qui es tu donc ? demanda lé
Major, en regardant cet homme avec
attention.

— Je suis un enfant du bonheur.

— Un enfant du bonheur ! tu ne
le penses pas toi-même, et cet habit
que tu portes ne semble pas l'annoncer.

— Vous avez raison, Monsieur ; mais

si sous cet habit, le seul que je possède, je puis m'amuser à rire, cela
vaut peut-être bien autant qu'un habit bien étoffé, fût-il même décoré
d'un ordre.

—Si ce n'est pas légéreté d'esprit,
tu as raison, camarade.

—Cette légéreté d'esprit est quelquefois un don de Dieu, au moins pour
les enfans du bonheur de ma trempe.
Jadis ma destinée pesait sur mon être,
comme un lourd fardeau; mais, maintenant, les peines passent à travers
mon ame, comme l'air à travers mon
habit, et si c'est un mal, pourtant, de
ce mal, il résulte un bien.

—Mais, d'où viens-tu, et où veux-
tu aller !

—J'aurais bien de la peine à le dire,
Monsieur; je viens du berceau, et mon
chemin mène droit au cercueil. Je connais ces deux points de ma carrière. Du
reste, je cherche à céder à mon bonheur. Il faut bien qn'il y ait quelque
chose d'attrayant en moi, car mon sort
et mon chien me restent fidèles, et mon

ombre même ; excepté pourtant que, comme les faux amis, elle ne demeure que tant que le soleil luit.... Vous branlez la tête, Monsieur, comme si vous vouliez dire : il s'est choisi là une triste compagnie. Je le pensais au commencement ; mais il n'y a rien de si mauvais, qui ne puisse être bon à quelque chose. Mon destin m'a rendu humble, et m'a appris ce que j'ignorais, qu'on ne peut pas soulever le monde de dessus ses gonds. Mon chien m'a appris, qu'il y avait encore de l'amour et de l'attachement ici-bas. Enfin.... vous ne croiriez pas les belles choses dont on peut s'entretenir avec son ombre.

— Avec son ombre ? je ne conçois pas.

—Ecoutez un peu, mon cher Monsieur, les discours philosophiques que je me tiens à moi-même, lorsque le matin, au lever du soleil, je marche derrière mon ombre, qui est alors aussi longue qu'une tour. Tiens, dis-je à mon ombre : n'es-tu pas comme un jeune homme, pour qui la terre

est trop petite, quand le soleil de la
vie se lève pour lui? Comme moi, tu
lève aussi une jambe, comme si tu
voulais franchir dix matins, et pourtant, lorsque la jambe se pose, ton
pas est à peine de deux pieds. C'est
ce que fait aussi le jeune homme! il
semble vouloir détruire ou créer un
monde, et à la fin, il ne fait rien de
tout ce que l'on pouvait attendre d'a-
près ses discours. Mais que le soleil
de la vie s'élève plus haut, tu devien-
dras plus petite, de même que le jeune
homme qui devient moins bruyant, à
mesure qu'il s'avance dans la carrière.
Voilà comme je compare, à mille choses,
l'ombre du matin, du midi et du soir;
et plus nous allons ensemble, plus
nous nous connaissons. Je puis, à présent, me passer de bien des choses que
je regardais jadis comme des besoins
nécessaires. Mon ombre est ma montre,
mon guide, tantôt mon domestique,
et tantôt mon coureur. C'est seulement
dommage, qu'on ne puisse pas se cou-

cher dans son ombre, comme on peut se coucher dessus.

—Et le soir, que dis-tu donc à ton ombre?

—Le soir? l'ombre d'un homme est une chose bien sérieuse; c'est le meilleur prédicateur, un vrai clépsydre, un vrai *memento mori.* Quand l'ombre court ainsi devant un homme, s'allonge et disparait de plus en plus, comme si elle cachait déjà sa tête dans le grisâtre de l'éternité, d'un côté, un soleil qui se couche, de l'autre, une étoile qui se lève; c'est comme si l'ombre lui disait: tu t'avances dans le sein de l'éternité: ton soleil est à son couchant. Mais ne perds pas courage; comme moi, tu grandiras toujours, et tu vois déjà devant tes yeux la bonne étoile, le premier rayon de l'éternité dans la tombe.

L'étranger parut pénétré en prononçant ces paroles; le Major l'était aussi. Tous deux se regardèrent en silence, pendant quelques secondes, pourtant d'un air calme et satisfait. — Mais qui t'a réduit, poursuivit le Major, à courir ainsi le monde avec ton ombre et ton chien? il me semble, camarade, que tu étais né pour un autre destin.

— L'homme est toujours fait pour un meilleur état que celui qu'il exerce. Croyez - vous, que vous n'auriez pas pû devenir quelque chose de mieux que vous n'êtes?.... Oui, quelque chose de mieux. Vous ne savez pas encore si je suis bon ou méchant. Sans doute, si vous voulez parler de meilleurs habits, de meilleurs repas, je vous donne raison, quoiqu'il y ait bien des nations entières, sur le monde, qui vivent et sont heureuses, et qui, cependant, envieraient cet habit et cette croûte de pain. Je suis un savant, mon cher Monsieur ( le Major ôta vîte son bonnet ). Mais comme l'esprit manque à ma science, ou pour mieux dire, l'esprit de friponnerie; voilà pourquoi vous me trouvez ici sous cet habit. Vous auriez pu me rencontrer aussi facilement dans une voiture, et je ne conçois pas,

comment cela n'a pas eu lieu, car je
n'en ai pas été loin. Il semblerait, à
vous voir, que mes aventures vous in-
téressent. Eh bien ! je vais vous les conter en peu de mots. J'ai étudié et je
crois avoir beaucoup appris, excepté
une seule chose, à être sérieux, lorsqu'il le fallait. Voyais-je une friponnerie, je ne pouvais pas rire, quand
même elle eût été le fait d'un prési-
dent. Quelquefois aussi, par contre,
lorsque des Messieurs, entre les mains
desquels était mon bonheur, prenaient une contenance sérieuse, comme
si le bien des peuples reposait sur eux,
ou parce que leur tête renfermait une
merveilleuse invention, un mot, une
variante d'un vieux livre, ou quelque
chose de semblable ; alors, je pensais
à mon ombre, et je ne pouvais m'empêcher de rire. Voilà la première chose
qui s'opposa à mon avancement. J'aurais pu obtenir un emploi ; mais là, il
aurait fallu épouser une fille que je
n'aimais pas, ici, renier un principe
auquel je tenais, plus loin, flatter une

dame devant laquelle je n'aurais pas voulu ôter mon chapeau. C'était, alors, mon ombre du matin. Je croyais ne devoir jamais manquer de rien, et surmonter bientôt tous les obstacles. Point du tout, il ne me resta que cette flûte (il la tira de sa poche), et ce chien que j'avais élevé, pour me servir d'ami. Je me fis comédien, et peu s'en fallut, que je n'eûsse perdu mes bonnes mœurs sur le théâtre, qui devrait être le temple de la morale. Ensuite, j'ouvris une école; mais bientôt il me fallut la fermer, parce que les parens exigeaient que je fisse de leurs enfans des sots. A présent, je me cherche une place, Dieu sait comment; comme musicien, maître d'escrime ou de danse, ou bien, si cela ne peut réussir, comme batteur en grange. J'ai deux bras, et je ne rougis de rien, excepté de mendier ou de tromper, ce qui, d'ailleurs, ne me réussirait pas non plus.

— Hem, dit le Major; pour commencer, venez avec moi, camarade. L'hiver approche, et je veux au moins

vous habiller chaudement ; car si vous
ne vous donnez pas plus de peines
qu'aujourd'hui, vous pourriez chercher
encore long-tems.

— Avec qui, demanda cet homme
en ôtant son chapeau ; avec qui ai-je
l'honneur de parler ? — Le Major se
nomma. — Mais la seule chose que je
ne veuille pas être, M. le Major, c'est
soldat. Vous savez déjà pourquoi.

— Non, je ne le sais pas, répartit
le Major.

— Je ne pourrais pas jaser avec mon
ombre, quand je serais à l'exercice, et
j'ai besoin de cette liberté-là.

Le Major lui donna sa parole, et
alors M. Seibold s'achemina vers Sollingen, suivant le cheval du Major.
Tous deux pensaient, chemin faisant,
sans rien dire ; le Major se demandait
si cet homme pourrait être le gouverneur de son petit Hennig, et Seibold
ce que le Major pourrait faire de lui.

Le Major avait été si souvent trompé
avec les gouverneurs, qu'il ne voulait
pas cette fois se déterminer sitôt. Il

laissa toute la maison, Annette même,
incertaine sur la destination de ce gaillard qu'il avait amené. L'interrogeait-on
à ce sujet? il répondait : le pauvre Seibold a été tourmenté par sa destinée, il
faut qu'il se repose ici une quinzaine,
après quoi il poursuivra son chemin.—
Mais dès le troisième jour, Seibold avait
gagné l'agrément de toute la maison,
tellement qu'Annette pria son mari de
le garder encore quinze jours de plus.
Seibold se chargeait de toute sorte de
besogne, plaisantait sans cesse, et
égayait tout le monde de la maison.
Il enseignait le petit, ou plutôt courait avec lui tantôt dans le jardin,
tantôt dans la campagne, et parlait de
toute sorte de choses d'une manière
fort instructive.

Le mois était écoulé, et le Major
dit : mon cher Seibold, à présent vous
êtes habillé, et voici en outre une petite
somme pour votre route. ( En disant
ces mots, il posa un rouleau d'argent
sur la table ). Maintenant voyez ce que
vous voulez faire.

— M. le Major, si c'est mon congé que vous me donnez, je me soumets, et je vais partir ; mais je voudrais que vous eussiez besoin d'un homme fidèle, d'un honnête homme. . . .

— Eh bien ! parlez, j'ai toujours besoin de braves gens. Dites ce que vous desirez, cher Seibold.

— Je desirerais rester ici sous une dénomination quelconque.

— Au nom de Dieu ! laquelle ?

— Celle d'ami et de précepteur du petit Hennig, et si vous le voulez, de votre ami, de l'ami de toute votre famille.

Le Major tomba d'accord, et l'arrangement fut fait.

Seibold était un bel homme de vingt-six ans, doué d'une foule de connaissances diverses, léger, étourdi, brusque même, et dans certains cas, un original qui ne voyait jamais le monde comme les autres hommes, que la vue d'un berceau ou d'un cercueil ouvert pouvait émouvoir jusqu'aux larmes, tandis que mille autres sujets de tristessé pour la plupart des hommes, le faisaient rire aux éclats. Il était assez sociable par caractère, et pourtant il conservait une certaine prédilection pour son ombre. Il connaissait le monde et les hommes, mais il ne savait pas se tirer d'affaire avec eux. Quand il parlait des hommes, et qu'il écrivait sur leur chapitre, il les jugeait toujours sensément ; mais lorsqu'il avait affaire avec eux, il agissait comme s'il était descendu de la lune au milieu d'eux. Il l'avouait lui-même ingénuement. Je suis trop faible, trop crédule, disait-il à Annette ; je me fie toujours aux gens avec qui j'ai affaire, car j'aime tout le monde individuellement.

Dès ce moment, on confia à cet homme l'esprit et le cœur du petit Hennig, et il en résulta un très-grand avantage pour tous les deux. Le garçon profitait à vue d'œil. Son esprit, qui jusqu'alors n'était nullement formé, reçut de Seibold des idées lucides, et son cœur se pénétra des sentimens doux et délicats du juste et de l'injuste. Sei-

bold avait pour principe, qu'il fallait
développer toute la morale aux hommes; car, disait-il, l'horreur de l'injustice, de la friponnerie et de tous les
vices, est un plus puissant indice de
la vertu, que le plus profond raison-
nement sur notre faiblesse. Le cœur
doit se soulever contre toute action
basse, sinon l'on est tout au plus un
bavard vertueux. L'esprit alors ne sert
qu'à diriger la raison de l'homme, pour
qu'on ne soit point injuste, quand on
veut être juste.

Seibold, d'après ces principes, tâchait de remplir le cœur de son élève
d'un zèle ardent pour tout ce qui est
bon, généreux et grand, ainsi que de
la plus forte aversion pour tout ce qu'il
y a d'ignoble et de vil. Il ne pouvait
manquer d'obtenir les plus grands
succès, l'enfant n'étant entouré que
d'honnêtes gens de tous les états, et de
tous les moyens de culture. Les exem-
ples, plutôt que les leçons, rendirent
le petit Hennig généreux, quoique par
fois il fût étourdi, vif et brusque,

parce que personne ne le tyrannisait,
et qu'il pouvait suivre tous ses caprices.
Il montait alors les chevaux les plus
fougueux, franchissait les plus larges
fossés, grimpait sur les plus hauts
arbres, et par l'exercice journalier, il
acquit une force de corps prodigieuse.
Seibold lui apprit aussi à jouer de la
flûte, à pincer de la harpe, à chanter,
danser et faire des armes. Quand il
jouait un air sur sa harpe avec une
profonde émotion, on ne se serait pas
douté qu'il fut aussi fougueux. En un
mot, son éducation était dans les meil-
leures mains; et comme il n'avait pas
encore été gâté, il fallait qu'il devînt
vertueux et bon.

Annette était déjà, depuis deux ans,
mariée avec le Major, et n'avait pas encore l'espérance de devenir mère. Alors
la belle-sœur renoua les nœuds rompus
de l'amitié, et, bientôt après, le Major
et Annette lui promirent encore une fois
très - solemnellement d'observer fidèlement l'accord fait relativement à l'héritage. Annette se réjouit du rétablisse-
ment

ment de la bonne intelligence avec la famille de Moorberg , car elle avait remarqué combien son mari était peiné de sa désunion avec son frère. Il soupirait , quand il étoit question du Chambellan ; souvent il s'attribuait à lui-même et à sa vivacité la cause de cette inimitié , et disait d'un ton pénétré : c'est pourtant mon frère , et lorsque mon père mourut , ses derniers mots furent : *Soyez unis , mes enfans.* — Par amour pour le Major , Annette avait de l'indulgence pour toutes les prétentions de sa belle-sœur , et supportait le poids de son orgueil , sans jamais perdre patience.

Mais bientôt elle sentit qu'elle était enceinte. L'idée de devenir bientôt mère la rendait heureuse ; cependant elle ne pouvait se dissimuler que ce bonheur allait attirer à son mari la profonde haine de sa belle-sœur. Jamais il ne lui vint à l'esprit d'engager le Major à retirer sa promesse en faveur de son enfant. Elle était modérée dans ses desirs, et son mari, depuis leur mariage,

avait déjà mis de côté une somme très-
considérable. S'il vivait encore quelques années , le capital , comme elle le
savait bien , lui suffisait honnêtement
pour elle et pour son enfant. Mais
pouvait-elle espérer de convaincre sa
belle - sœur de la modération de ses
desirs ? Elle prévoyait entre les deux
familles un nouveau schisme , qui nécessairement donnerait beaucoup de
chagrin à son mari , vu son bon cœur
et sa manière de penser. Après de longues réflexions , elle trouva le moyen
d'empêcher cette scission. Elle cacha
sa grossesse à tout le monde , à son
mari même , prétexta une indisposi-
tion , qui ne laissait point de doute à
cause de sa mauvaise mine , et put par
conséquent paroître la plupart du tems
en négligé. Alors elle persuada à son
mari inquiet sur son état , que les bains
rétabliraient sa santé. Elle choisit les
eaux de Pyrmont , fit les préparatifs
nécessaires , régla les affaires de sa
maison et partit avec son mari. A sa
pressante sollicitation , le Major fut

obligé de renvoyer son cheval après le
premier jour de marche, et de remercier le domestique qu'il avait pris,
après lui avoir fait un bon présent. Le
Major accéda encore à cette demande,
quelque singulière qu'elle parût, par
égard pour son état ; et seulement un
peu avant qu'il ne prît un autre domestique, elle lui découvrit que bientôt il serait père.

On se figure l'extase du Major. Il
pâlit et rougit tour à tour, ôta son
bonnet, ouvrit la fenêtre, éleva vers
le ciel des yeux reconnaissans, répandit des larmes de joie et baisa les mains
de sa femme avec respect, comme s'il
voulait encore la demander en mariage.
Lorsqu'il fut un peu plus calme, Annette lui exposa les raisons qu'elle avait
d'agir ainsi à cause de sa belle-sœur, et
lui démontra que la naissance de son
enfant le brouillerait à coup sûr et pour
toujours avec son frère. Il l'avoua en
soupirant. Elle saisit sa main, la pressa
avec tendresse sur son cœur gonflé, et
prenant la parole : tiens, mon cher Fré-

déric, nous sommes résolus de laisser
Sollingen au petit Hennig, et nous le
pouvons sans renoncer à nos devoirs
paternels ; car le capital augmente assez
tous les ans, pour rendre notre enfant
heureux et même riche. Mais, mon cher,
Frédéric, ta belle-sœur ne croira jamais
que nous soyons capables de penser et
d'agir ainsi. Voilà pourquoi j'ai caché
ma grossesse, quoiqu'il m'ait coûté
beaucoup de ne pouvoir partager ma
joie avec toi. C'est pour cela que je ne
voulais pas que Hennig nous accompa-
gnât, malgré tout le plaisir que tu aurais eu de le prendre avec toi ; c'est pour
cela que le cocher devait retourner à
Sollingen, et qu'il fallait remercier le
domestique. Tiens, mon cher Frédéric,
ici ou par-tout où tu voudras, je veux
devenir mère, sans que personne le
sache. Puis nous reviendrons à la maison, nous ferons venir ensuite l'enfant,
que nous ferons passer pour un étranger et que nous éleverons, bien entendu, avec tout le soin que prennent
de bons parens. Nous trouverons en

cela un avantage que Seibold met toujours au nombre des meilleurs principes d'éducation : l'enfant ignorera sa
qualité et sa fortune.

Le Major branla la tête , fronça ses
sourcils et semblait avoir beaucoup d'ob-
jections à faire ; mais quel mari pourrait refuser la moindre chose à une
épouse chérie, qui vient de lui découvrir qu'elle est mère ! Il fallut bien y
consentir , et l'on concerta tout ce qu'il
y avait à faire. Ils allèrent pour quelques semaines à Pyrmont , et de là
dans une petite ville des environs. C'est
là que la femme du major, sous un
nom emprunté , attendit le moment
de sa délivrance , et son mari fut encore obligé de congédier le domestique
qu'ils avaient pris en route. Enfin elle
accoucha d'une petite fille bien portante. Malgré son extrême faiblesse ,
Annette dit tout bas à son mari : Dieu
a rempli mes desirs, mon cher Frédéric. Si telle est sa sainte volonté , cet
enfant sera un jour la femme de Hennig.
— L'idée que sa fille et son cher Hennig

3

posséderaient ensemble Sollingen, jeta
le major dans un nouveau ravissement.
Il dit d'un air inspiré : Annette ! Dieu
réalisera ton projet, car il est juste.
A présent je suis content.

L'enfant fut baptisé et confié à une
nourrice. Sitôt que la femme du Major
put supporter l'air, ils quittèrent. la
ville, emportant l'enfant et l'extrait
de naissance. Dans une autre petite
ville, l'enfant, sous un autre nom, fut
mis en pension pour six mois avec la
nourrice chez une très-honnête dame,
et les parens revinrent à Sollingen, où
l'on n'avait pas conçu le moindre soup-
çon de tout ce qui s'était passé, et où
l'on se réjouissait de bon cœur de revoir la maîtresse du château revenir si
fraîche et si bien portante après une
absence de quatre mois.

Les six mois écoulés, le Major fit
venir dans une ville voisine la nourrice
et l'enfant, et s'y transporta lui-même
avec sa femme sous un prétexte plau-
sible. La nourrice fut payée généreuse-
ment. On concerta avec elle le rôle

qu'elle avait à jouer, et il lui fut enjoint de se trouver à telle époque sur
le chemin où la voiture devait passer.
Lorsque le Major était en chemin pour
le retour, la nourrice et son enfant se
trouvèrent précisément au lieu désigné.
La voiture s'arrêta, la femme du Major
descendit, parla à la personne assez
haut, pour que le cocher et les domestiques l'entendissent, présenta l'enfant
à son mari, s'informa de tout ce qui
le concernait, témoigna de la pitié au
récit de cette fable convenue, et s'offrit enfin de le prendre avec elle et de
l'élever. La fille y consentit et reçut un
cadeau. La femme du Major prit alors
l'enfant sur ses bras, remonta en voiture et continua sa route avec satisfaction. Un quart d'heure après leur arrivée à Sollingen, l'histoire de cet enfant
avait déjà circulé dans le village, et
personne ne douta de sa véracité, les
maîtres du château ayant déjà fourni
mille traits semblables de bienfaisance
et d'humanité. Néanmoins le Major avait
pris toutes ses précautions pour que la

4

nourrice partît à l'heure même, afin de regagner la Westphalie, son pays, de crainte que rien ne pût découvrir le mystère.

Annette (c'est le nom de l'enfant), fut élevée avec l'amour le plus tendre, et la mère n'eut rien plus à cœur que de lui obtenir l'amitié de Hennig. Il avait la permission de porter la petite fille, de jouer avec elle, de lui donner à manger, etc... La mère l'appelait sa petite femme, et quand il avait fait une bonne action, elle disait : allons, il faudra qu'Annette t'aime bien aussi. — Cependant Seibold n'était pas content de tout cela. Il disait souvent : vous mettez dans la tête de cet enfant une chose qu'il pourra bien prendre un jour au sérieux. La femme du Major répondit en souriant : si l'enfant a de bonnes qualités, et je l'espère, grace au ciel et à vos soins, il lui sera permis de le faire. Quoiqu'il en soit, élevez-la toujours, comme si elle devait être par la suite la femme de Hennig; je ne prétends point y mettre obstacle.

Cependant la femme du Chambellan voyait avec grand déplaisir la petite fille dans la maison de son beau-frère. — Dieu sait, dit-elle à son mari, comme ton frère se comporte : il épouse une fille qui a couru le monde pendant une douzaine d'années, qui a été femme-de-chambre et peut-être quelque chose de pis ; d'un drôle qui a été hussard, il fait son ami intime ; un mendiant qu'il a ramassé derrière un buisson, un méchant comédien, est son gouverneur, et voilà qu'ils recueillent dans leur maison une bâtarde qu'ils ont trouvée sur le chemin, et qu'ils élèvent comme une princesse : ainsi se dissipe cette belle fortune, qui pourtant un jour doit appartenir à ton fils, et tu ne dis rien à cela ?.... Va, qu'il vienne à mourir, tu verras comme je chasserai de la maison tous ces mendians. Seibold n'a-t-il pas le front, à table, de diriger la conversation, comme s'il était le maître de la maison ! et cet être ne m'adresse-t-il pas toujours la parole, quoique je ne

5

parle jamais une syllabe avec lui !....
Mon gouverneur n'aurait qu'à agir
ainsi ! cela vient de ce que l'on ne
tient pas son rang. Ton père est la
cause de tout ; il n'y avait point de
bontés qu'il n'eût pour ceux qui mangeaient son pain.

— Mais aussi ses gens l'aimaient.

— Bah ! l'aimaient ; ils doivent nous
respecter. Avons-nous donc besoin de
l'amour de ces gens-là ? Notre maison
n'est - elle pas aussi bien réglée que
celle du Major ? vois pourtant qui a
les meilleurs domestiques ; cela vient-
il de l'amour qu'on leur porte ? Ces
gens - là négligent tout, lorsqu'on est
trop bon avec eux.

C'est ainsi que madame de Halden
s'agitait et se plaignait souvent. Mais
le Major ne fit aucuns changemens
dans sa maison. A table, Seibold adres-
sait toujours à la femme du Chambellan ses singulières demandes, ses com-
paraisons, ses idées originales ; la petite fille était dans la chambre du
Major, et était élevée comme son

propre enfant; le vieux Hennig, selon
sa coutume, se mêlait de la conversation, et le Major ne cessait de suivre
ses avis; mais ce qui plus que tout
cela affligeait Madame, c'était l'ama-
bilité du petit Hennig. Il suffisait de
jeter un regard sur les deux enfans,
lorsqu'ils étaient ensemble, pour ac-
cuser la mère de la plus aveugle partialité. Charles avait un maintien très-
décent, mais il paraissait une statue
inanimée, lorsque son frère était près
de lui. Hennig, semblable à Apollon
vainqueur de Python, ouvrait un œil
vif et étincelant. A voir sa mine riante,
ses joues de rose, son air de candeur,
sa belle bouche, on l'eut pris pour un
jeune amour. Charles ne manquait pas
d'esprit; il possédait aussi des connaissances peut-être mieux classées que
celles de son frère. Discouraient-ils
ensemble ? on entendait combien
Charles s'efforçait de paraître un
homme fait; dans Hennig on ne remarquait aucun effort, et quelquefois
même on pouvait le croire plus enfant

6

qu'il ne l'était en effet. Chaque fois
cependant Hennig remportait la victoire : s'abandonnant à la fougue qui
l'entraînait, il parlait des yeux, de
la main, du pied; en un mot, avec
une passion qui tenait souvent de l'ins-
piration, et d'un ton qui paraissait
musical. Charles parlait vîte, mais sans
ame; d'un ton piquant, mais faible;
ses expressions étaient choisies, mais
froides; et puis il avait une main dans
son sein et l'autre dans la poche de sa
veste.

Hennig, avec son air pénétré, ses
yeux brillans, sa figure inspirée et ses
mains tombantes, n'avait qu'à s'écrier
une fois : ô mon Dieu ! il triomphait
d'un long discours de son frère. Charles
le traitait en gouverneur, lorsqu'ils
étaient ensemble; Hennig écoutait avec
patience et cédait; mais si le jeu devenait trop sérieux, il saisissait en
riant la main de son frère, et disait :
tu branles toujours la tête, lorsque je
fais un saut en l'air, ou quelque chose
de semblable; sais-tu bien, mon frère;

quand un cheval remue toujours la
tête et les oreilles ?... c'est lorsqu'il se
sent trop faible pour ruer. — En un
mot, les deux frères ne s'aimaient pas,
et en venaient souvent à des disputes
sérieuses.

Mais plus Hennig était aimé de sa
sœur Emilie, moins elle osait le faire
remarquer. Quand il était possible,
ils allaient à l'écart, et la petite fille
se jetait avec tendresse au cou de son
frère. Jusqu'alors l'enfant avait ignoré
la haîne que lui portait sa mère, parce
que le Major et tout le monde de la
maison se gardaient soigneusement de
le lui faire appercevoir ; mais une fois
Emilie lui découvrit, avec une confiance enfantine, que sa maman ne
pouvait pas le souffrir, et qu'à la
maison elle grondait toujours contre
lui , contre son oncle, sa tante et
contre tous les gens de Sollingen..

Hennig s'échappa des bras d'Emilie ;
l'œil trouble , il réfléchissait. Il se rappela les regards maussades, les repro-

ches réitérés de sa mère, et trouva
bientôt que sa sœur venait de lui dire
la vérité. — Emilie ! demanda-t-il d'un
air triste, ne sais - tu pas pourquoi
maman ne peut pas me souffrir ?

— Non, je ne sais pas. Je crois que
c'est parce que tu as maçonné, étant
encore petit, ou parce que tu es chez
mon oncle, ou parce que.... attends,
je vais me rappeler, mon cher Hennig,
elle l'a dit une fois, c'est parce qu'elle
t'a mis au monde, disait-elle; non, il
faut que je n'aie pas bien entendu;
car la bonne dit que tous les enfans
sont mis au monde par leur mère; et
puis maman a bien mis au monde
Charles qu'elle aime, oh ! comme je
t'aime. Non, cher Hennig, ne pleure
pas ; pense que je suis ta maman, je
veux t'en aimer davantage.

Hennig, tout triste, branla la tête,
et dit : un vautour est un oiseau car-
nacier; pourtant il aime ses petits. Si
seulement je pouvais savoir ce que j'ai
fait à maman !.... Emilie, continua-t-il

en sanglottant, si tu avais un jour des enfans, tu ne les abandonnerais pas comme cela, toi !

Emilie chercha à le consoler en lui disant : tiens, maman ne m'aime pas la moitié autant que Charles, parce que je suis attachée à ma bonne, et que je pleure tout de suite, lorsque maman la gronde, ou parce que je vais jouer avec les petits du fermier; cela m'est défendu, parce que je suis une demoiselle; mais j'ai bien souvent désiré de n'être qu'un enfant de paysan.

On peut s'imaginer combien, après un pareil entretien, ces deux cœurs rapprochés par un sentiment surnaturel, dùrent s'unir étroitement l'un à l'autre.

L'enfant, sitôt que sa mère fut partie, alla chez son oncle, où il trouva sa tante, Seibold et le vieux Hennig. Il se jeta dans les bras de la femme du Major, baisa sa main avec un transport inaccoutumé, et pleura tout-à-coup à chaudes larmes. Le vieux Hennig courut à lui, le prit dans ses

bras et lui demanda si son frère ne
l'aurait pas chagriné. —Sur mon ame!
dit-il, c'est quelque chose comme cela;
mais je veux une fois lui renfoncer
sa poudre dans la tête. Ne se donne-
t-il pas les tons de maîtriser toujours
ce pauvre petit, et de le blesser avec
ses mots piquans et sa langue miel-
leuse, jusqu'à ce que le poison entre
dans le cœur! Viens, mon petit, je
vais seller le bai.

Le Major considéra l'enfant d'un air
inquiet, et lui dit : oui, mon fils, tu
monteras le bai. Hennig ira promener
avec toi.... Il faut lui pardonner, mon
cher enfant, c'est ton frère.

— Qu'as-tu, demanda Annette ? et
elle serra le petit sur sa poitrine.

— Ma mère me hait, répondit tout
bas le garçon; Emilie me l'a dit.

— Je voudrais qu'elle t'eût dit toute
autre chose, la bavarde !.... A présent
il sait ce que nous lui avons caché
depuis si long-tems.

— C'est une bavarde, reprit Seibold
à demi-voix.... Sans doute, il le sait

maintenant, ajouta-t-il plus bas, et il
s'éloigna vers la fenêtre.

— Laisse-la te haïr, s'écria le vieux
hussard ; est-ce que nous ne t'aimons
pas comme nous-mêmes ?

— Qui parle de haïr, dit Seibold ?
La mère ne l'aime pas autant que son
Charles, et c'est bien naturel, parce
qu'elle ne peut lui faire la dixième
partie du bien qu'elle fait à son ainé.
Voici ta mère ( en montrant Annette ),
c'est elle qui t'a élevé, formé, à qui
tu dois tout. Ta mère ne t'aime peut-
être pas aussi intimement que nous ;
mais oblige-la de le faire ; sois un honnête garçon, pour qu'elle te voie d'un
bon œil... Je voudrais pourtant qu'elle
fût ici, murmura Seibold en s'adres-
sant au Major, pour voir si son cœur
pourrait résister aux larmes de cet
enfant.

— Ce n'est qu'une mère barbare,
répliqua le Major.

On tranquillisa l'enfant aussi bien que
l'on put, et Seibold lui démontra le
moyen de gagner l'amitié de sa mère.

Si elle te la refuse, mon cher Hennig,
ajouta-t il, prouve au monde que ce
n'est point ta faute. Tâche de mériter
les bonnes graces de tout le monde;
alors Dieu, en faveur de ta vertu, par-
donnera à ta mère de ne pas t'aimer.

— Hem! dit ensuite Seibold au Major, ce qu'il y a de pis en pareil cas,
c'est que ce que l'on peut dire de plus
sage ne semble que déraisonnable; car,
que peut-on dire autre chose, sinon:
chasse toi cela de l'idée?

— Vous avez raison, repondit le Major, en fronçant le sourcil; mais n'est-
ce pas une marâtre, celle qui contraint
de braves gens à prier un fils d'oublier
sa propre mère? Non, au diable! j'irai
leur parler. C'est dommage que le soir
approche, car je monterais à cheval
encore aujourd'hui.

Le lendemain matin, il fit seller un
cheval et courut à Moorberg. Lorsqu'il
fut en face de sa belle-sœur, il devint
d'abord aussi muet qu'il l'avait été devant le petit Hennig. Enfin, il s'écria,
comme inspiré: non, quand même je

erais venu ici pour la dernière fois....
u nom de Dieu! je ne peux pas re-
artir ainsi. Madame ma belle-sœur,
e petit Rennig est votre fils aussi bien
ue Charles. Jusqu'à présent nous
vons caché à cet enfant que vous ne
aimiez pas ; mais à la fin, il s'en est
pperçu, et cet enfant, que tout le
onde aime, parce que c'est un ange,
et enfant pleure d'avoir perdu l'amour
e sa mère. Ecoutez-bien : jamais Dieu
e peut voir sans aversion un enfant
pleurer par la cruauté de sa mère ; sion, je douterais de son existence.
e Major prononça ces paroles d'un ton
êlé de colère et de pitié ; il frémis-
ait en parlant, et tantôt palissait, tan-
ôt devenait rouge.

Madame de Halden le regarda et rou-
it. Eh bien! dit-elle enfin, en baissant
es yeux, puis-je donc aimer cet enfant? nest-il pas entouré de toute sorte
de gens qui sont mes ennemis?.... On
lui dépeint sa mère, continua-t-elle
en pleurant, comme une avare, comme
une dénaturée ; oh! je le sais bien.

— Qui? quoi? reprit le Major avec fureur.

— Je ne parle pas de vous, Monsieur mon frère, poursuivit-elle en déclamant avec une amertume toujours croissante; mais je vois bien combien votre palfrenier me déteste, ainsi que votre gouverneur, parce que je ne me familiarise pas avec lui, parce que je n'amène pas dans ma maison, ni à ma table, tous les mendians, tous les vagabonds, parce que je n'élève pas des bâtards comme mes propres enfans, parce que je ne retire pas le pain des mains de ma famille, pour le jeter aux chiens. Ils se réunissent tous pour dire à cet ingrat et vaurien de Hennig, que je ne puis le souffrir, et remplissent son mauvais cœur de haine envers son frère et sa sœur. Oh! je le sais bien.

Au commencement, le Major était pétrifié de colère, et ne disait mot. Enfin, il s'écria: non, c'est trop fort; Dieu m'accorde patience! mais il faut que vous entendiez une fois ma con-

fession, alors je laisse à Dieu la tâche
de vous toucher ou de vous punir selon sa sainte volonté. Il faut que vous
l'entendiez, et puis je laverai mes mains
dans la piscine de l'innocence. Oui, si
nous avions dit à votre fils (ce dont
Dieu nous préserve) : jeune homme,
ta mère est une avaricieuse ; nous au-
rions dit la pure vérité. Si nous avions
dit : ta mère est dure, cruelle, inhu-
maine : c'eût été encore la pure vérité ;
car tous vos gens n'ont-ils pas l'enfer
chez vous, depuis le gouverneur, qui
devrait être votre ami, parce que, de
vos enfans, il fait des hommes, jusqu'à
votre marmiton ? ne détestez-vous pas
Hennig, parce qu'il barre le chemin à
votre Charles, ce fou, ce vaurien ! oui,
j'aimerais mieux donner toute ma fortune à un alchimiste, que de souffrir
que ce drôle ait une tuile de Sollingen :
il ne sait que danser, se poudrer et
maltraiter les gens. Eh bien ! je vous
le dis d'avance : il maltraitera aussi un
jour sa mère ; il le fera, je vous le
jure. Cet homme ne connaît que l'ar-

gent , et ne sait que commander. Il
n'a , dans le cœur, pas une seule étin-
celle d'humanité ; on l'élève pour qu'il
soit un barbare , pourquoi aimerait-il
donc les hommes ? nous parlerons de
cela dans sept à huit ans. Alors, il faudra bien que vous tendiez les bras à
cet Hennig que vous repoussez. Quant
au vagabond , je sais bien de qui vous
voulez parler , et pourquoi vous êtes
l'ennemie de Seibold. Parce qu'il aime
le petit Hennig, et parce qu'il ne rampe
pas devant vous quatre comme un chien.
Et le bâtard ? Dieu du ciel! si je n'avais
pas promis solemnellement de me taire,
vous entendriez des choses.... Mais, patience, cela viendra. Maintenant, j'ai
fini. Encore un mot: Hennig est mon
héritier et mon fils. Dorénavant, ne
nous regardez plus que comme des
étrangers , mon mendiant et moi, et
même le bâtard. — Il frappa des pieds,
sortit promptement de la chambre,
s'élança sur son cheval, et répéta souvent en route : va, je te ferai voir ce
que c'est qu'un bâtard !

La femme du Chambellan était pro-
fondément aigrie ; mais le desir de pé-
nétrer dans les secrets concernant la
petite fille qu'on élevait si soigneusement à Sollingen, faillit lui faire oublier son ressentiment. —Que ne me
faudra-t-il pas encore entendre? se-dit
elle. — Elle rapprocha l'âge de l'enfant
avec le voyage du Major et de sa femme,
et crut avoir remarqué dans les yeux
de la petite fille, de la ressemblance
avec ceux du Major. Elle s'informa des
plus minutieuses circonstances de ce
mystérieux voyage de Pyrmont, et de
l'adoption de cet enfant par sa belle-
sœur. Elle apprit alors que le Major,
nonobstant une absence de quatre mois,
n'était resté qu'un mois à Pyrmont. Elle
se douta bien que ce voyage devait
avoir eu l'enfant pour but principal,
quoiqu'elle ne pût arriver sur la moindre
trace. Quelquefois elle devinait la vérité ; mais ne voyant en cela aucun intérêt pour Annette, elle écartait bientôt
cette idée, sans, cependant, renoncer
au desir de satisfaire sa vive curiosité.

Le mécontentement de son beau-frère ne l'inquiéta pas long-tems; n'a-vait-il pas assuré solemnellement, que Hennig serait son héritier? et elle sa-vait combien il tenait invariablement sa parole. Elle vit même, avec plai-sir, que toute relation cessât avec le Major, car dans toutes les visites qu'elle lui avait rendues, elle avait essuyé chez lui et de lui, les plus vifs désagrémens. Tous, à Sollingen, n'avaient des yeux que pour le petit Hennig, et son Charles était oublié. Charles, lui-même, que l'on flattait à la maison, remarquait, à son grand déplaisir, que son frère l'éclipsait toujours; c'est pour cela qu'il n'allait pas volontiers à Sollingen; aussi la pleine rupture entre les deux fa-milles, ne manqua pas de lui être très-agréable.

Charles était au-delà de sa quator-zième année, et Hennig de sa treizième, lorsque les deux familles se désunirent. Cette séparation, au reste, ne fit pas sur le Major une aussi vive impres-sion qu'Annette l'avait appréhendé; et Seibold

Seibold ne contribua pas peu à chasser de son esprit toute idée inquiétante. Le Major s'habitua bientôt à ne plus rien voir, à ne plus rien entendre de Moorberg, et son esprit fut parfaite‑ment tranquille.

Hennig oublia aussi sa mère et son frère, mais non Emilie, qu'il aimait de tout son cœur. Il se plaignit, en pleurant, à son précepteur, de ne pouvoir plus parler avec elle. —Prends ta carabine, Hennig, dit Seibold; nous irons à Moorberg; je m'engage à te la faire voir une fois par semaine. Il n'y a que deux lieues, et ta sœur mérite bien que tu les fasses pour elle.

En quelques minutes Hennig fut prêt avec sa carabine, et partit avec Seibold pour Moorberg. Ils se glissèrent autour du jardin du château, et bientôt après, la bonne d'Emilie parut dans l'allée. D'un saut, Hennig arriva près d'elle, lui fit part de ses desirs, et la bonne alla chercher sa sœur. Emilie vint, l'œil étincelant, se jeta dans les bras de son frère, et le conduisit dans la partie la

plus reculée d'un petit bois de bou-
leaux, où ils ne courraient pas risque
d'être interrompus. La bonne, pendant
ce tems, resta dans l'allée qui abou-
tissait à la porte du jardin, pour faire
un signal, s'il venait quelqu'un. Le
frère et la sœur, les bras enlacés, s'as-
sirent dans le bocage, aux pieds de
Seibold, et pleurèrent ensemble. Ils se
jurèrent une amitié entière et éternelle, et convinrent qu'ils se verraient
ainsi, tontes les semaines une fois, à
un jour marqué. Emilie baisa de joie
la main du bon Seibold, lorsqu'elle apprit qu'il avait déjà eu l'idée de répéter
cette visite. Les enfans jasaient entr'eux,
et Seibold faisait quelques récits. Une
heure s'était écoulée, sans qu'ils s'en
apperçussent, et il fallut se séparer.

Emilie, âgée alors de près de douze
ans, était une fille charmante, res-
semblant à s'y méprendre, à son frère
Hennig, avec cette seule différence,
que son teint était plus délicat, que
dans ses yeux on lisait quelque chose
qui tenait de l'enthousiasme, et qui

semblait exister autant dans son ame que dans ses regards. La bonne, qui aimait tendrement Emilie, n'était pas elle-même exempte de cette exaltation. La solitude, la gêne dans laquelle elle vivait et quelques livres, son seul amusement dans les heures de loisir, avaient rempli son imagination d'idées fantastiques d'attachement, d'amour, de nature, de fidélité. Elle ne pouvait pas jouer elle-même les romans qu'elle avait dans la tête; mais au moins elle faisait ce qu'elle pouvait; elle formait Emilie d'après elle, et lui raçontait souvent des traits d'amans, qui s'étaient restés fidèles dans le malheur, et malgré la persécution de barbares parens. Ainsi, l'on peut s'imaginer sans peine, combien les visites du frère Hennig devaient être desirées par la bonne, ainsi que par Emilie. Toutes deux avaient leurs secrets; et Emilie sur-tout se sentait fort heureuse d'avoir son amour, son ami, ses rigoureux parens, son malheur et ses larmes.

Ces visites secrètes, qui faisaient tant

de plaisir à Emilie, n'auraient pourtant pas duré long-tems, si Seibold n'en
avait été ; car, qu'auraient eu à se dire
toujours ces deux petites personnes ?
Ils s'étaient assez souvent juré amitié
pour la vie ; ils s'étaient assez entre-
tenus aussi de la haine de la mère envers Hennig, et de sa froideur envers
Emilie. Alors l'ancien ami, M. Seibold,
devait commencer à jouer son rôle. Il
s'assit entre les deux enfans, et leur raconta sa vie. Après quelques semaines
il eut fini, et Hennig l'ayant prié de
venir chaque fois voir sa sœur avec lui
les jours fixés, il songea à rendre ces
visites profitables à Emilie et à son
élève. Il se mit à instruire la jeune
fille, apporta un livre, fit des lectures, des remarques, et tâcha de toute
manière de former son esprit. Quelquefois aussi il jouait de la flûte avec
Hennig, et Emilie les accompagnait de
la voix. Ainsi ces visites devenaient de
petites parties de plaisir, qui naturellement étaient fort agréables à Emilie,
pour qui les plaisirs étaient si rares,

Elles n'avaient pas encore duré trois mois , qu'Emilie voyait arriver Seibold avec autant de satisfaction que son frère. Seibold aussi , qui aimait beaucoup les enfans , se trouvait , sans s'en appercevoir , très-volontiers auprès de cette aimable fille , qui semblait déjà réunir les sentimens d'une femme à l'innocence , à l'ingénuité d'un enfant. Il se réjouissait d'avoir pu contribuer un peu à la culture de son esprit , et Emilie elle - même sentait avec plaisir combien elle profitait des entretiens de son ami Seibold. La bonne faisait quelquefois la quatrième personne de la petite société ; et comme elle allait presque tous les jours promener quelques heures avec Emilie , on ne s'appercevait point de leur longue absence du château. Si par hasard quelqu'importun venait à s'approcher , Hennig et Seibold , en quelques secondes , avaient franchi le mur et se cachoient dans le bois.

Ces visites étaient déjà devenues intéressantes pour Emilie , parce qu'elles

3

étaient secrètes, et parce que ni la maman, ni le frère Charles n'en savaient
rien ; mais bientôt un nouvel intérêt
se mêla à ces discrètes joies. La petite
remarqua qu'elle était d'un certain prix
aux yeux d'un homme à qui son oncle
témoignait de l'attachement et de l'estime. Elle était encore un enfant ; mais
par l'imprudence de son institutrice,
il naissait une espèce d'amour dans son
cœur. Sans doute elle n'avait encore
aucune idée d'amour ; mais pourtant
elle éprouvait une grande satisfaction,
de ce qu'un homme qui savait tant de
choses, qui jouait si bien de la flûte,
qui avait des sentimens si nobles, que
tout le monde aimait... de ce que cet
homme lui fît des lectures, l'instruisît,
chantât avec elle et l'appelât sa petite
amie.

Cela s'explique facilement, lorsque
l'on a épié les premières sensations du
cœur d'une jeune fille. Seibold n'avait
jamais songé combien il faisait de tort
à cet enfant, en l'accoutumant à des
visites secrètes et ignorées de sa mère.

D'abord il était allé à Moorberg pour satisfaire aux desirs de son bien aimé Hennig ; par la suite il continua ses visites, parce qu'il croyait être utile à Emilie , et enfin il prit lui-même un vif intérêt à cette sensible petite fille. Il ne tarda pas à remarquer que des idées romanesques reposaient déjà dans sa tête, et il voulut les dissiper. Il parla à Emilie , et même avec beaucoup de précaution ; puis il éclaira la bonne sur les idées chimériques de l'enfant. Mais pendant qu'il croyait parvenir à détruire ces fantaisies , il créait lui-même dans l'ame d'Emilie un nouveau monde plein d'images et où il figurait sur l'avant-scène. L'hiver n'interrompit pas entièrement les visites secrètes; on concerta des promenades, et Emilie, avec l'ingénuité de l'enfance , s'attachoit toujours de plus en plus à son ami Seibold.

Une année s'était ainsi écoulée , et Seibold ne trouva plus rien à objecter, lorsque le Major dit une fois en fronçant le sourcil , que son frère était

pourtant son frère. Il approuva même
le Major qui voulait absolument aller
à Moorberg, parce que son cher Christophe avait la fièvre. — M. le Major,
prenez donc aussi avec vous le petit
Hennig. Et toi, sois sur-tout bien poli
envers ta mère ! Salue Emilie. Oh ! cette
Emilie, M. le Major, est un vrai trésor!
c'est seulement dommage qu'elle soit
obligée de vivre là-bas ; vous ne vous
imaginez pas ce que l'on pourrait faire
de cet enfant.

C'était en dire assez au Major. Il
alla à Moorberg, et trouva Emilie telle
que Seibold la lui avait dépeinte. Elle
s'élança avec un vif empressement dans
les bras de Hennig et de son oncle,
s'informa sur-le-champ de sa chère
tante, du vieux Hennig, du brave
Seibold, et était dans un tel enthousiasme, que le cœur du Major bondissait de joie, et qu'à cause de la fille, il
ne pensait plus à la mère.

Depuis un an, celle-ci avait eu l'idée,
que le Major, s'il continuait à la haïr
ainsi que son Charles, pourrait bien

lui jouer à sa mort un fort mauvais
tour. Il pouvait bien , se disait - elle ,
nommer Hennig son héritier , sans pour
cela lui ôter ses droits à l'héritage de
son père , et quelques avocats célèbres
qu'elle avait consultés , l'entretenaient
dans cette inquiétude. Elle s'en rapportait , il est vrai , à la parole du Major
et au testament ; mais on lui faisait
observer qu'un second testament frap-
pait le premier de nullité. Lors donc
que le Major vint à Moorberg , elle
se hâta de donner à Charles quelques
règles de conduite. — Non , maman ,
reprit Charles : il m'est impossible de
flatter cet oncle et mon frère ; ils me
sont tous deux insupportables. — Pense
donc , mon fils , dit la mère en le cares-
sant , que ton bonheur repose dans les
mains de ton oncle. Je ne puis souffrir
ce grossier personnage pas plus que toi ;
pourtant tu verras comme je le rece-
vrai. — Quoi ! mon bonheur ? répartit
l'enfant alors âgé de quinze ans , et il
courut , les bras ouverts , au devant
de son oncle et de son frère ; sa mère

5

le suivit en poussant des cris de joie.

Le bon Major était loin de s'attendre à une telle réception. Il se livra donc entièrement à la bonté de son ame ; serra son neveu tendrement sur sa poitrine et trouva en peu de minutes, que Charles avait beaucoup changé à son avantage. — Bien ! mon cher garçon, dit-il, à présent tu es un homme. Tiens, que vouloit dire autrefois ton sot compliment : M. mon cher oncle ?.. Je suis le bon frère de ton père, ton cher oncle, comme tu me nommes à présent, et tu es mon cher Charles, le petit - fils de mon vertueux père. — La belle - sœur acheva l'illusion. Elle raconta au Major d'un ton que son adresse savait rendre sincère, que Charles donnait tout ce qu'il avait ; qu'il défendait les domestiques lorsqu'ils avaient manqué ; qu'il prenait tous les paysans sous sa protection, etc.... — Il fait cela ? s'écria le Major, et il embrassa sa belle - sœur avec une joie qu'il ne pouvait contenir. Il fait cela ? ma chère sœur ! Eh bien ! j'ai été trop injuste envers ce jeune

homme ; Dieu veuille me le pardonner !
En vérité, je trouve ici toute la maison
changée. Tenez, ma sœur, laissez-moi
parler maintenant. Vous avez reçu de
Dieu assez d'esprit, pour voir que....
pourtant n'en parlons pas. Vous verrez
vous-même que l'humanité est un pont,
comme le dit Seibold, que l'on bâtit sur
ce monde, pour passer dans l'autre.
Vous verrez que l'amour du prochain
et l'espérance de la vie éternelle sont
la figure et l'inscription de toutes les
monnaies. Qui n'a pas le cordon de ces
monnaies, qui est l'amour du prochain,
manque aussi du revers, qui a pour
inscription : *Espérance.* N'est-il pas
vrai ? chère sœur ; vous trouvez maintenant que tout le reste, savoir : les
richesses et le rang, ne sont que bagatelles, des bombons, des devises que
l'on met sur la table, pour s'en amuser,
et non pour s'en rassasier ; ou, comme
dit Seibold, un foyer en peinture dans
un fort hiver ; ou, comme dit la Bible,
une pierre d'achoppement pour les
hommes.

6

La femme du Chambellan lui donna
entièrement raison, et le bon Major
ne soupçonna aucunement son hypocrisie. Il faut pourtant dire qu'il fut
d'abord surpris de ce prompt et total
changement, mais cela ne troubla point
son extase. — Saül, se disait-il à lui-
même, n'est-il pas devenu en un instant un Paul? Pourquoi ne serait-ce
pas ici de même?

Au grand étonnement du Major, le
petit Hennig battit froid à son frère;
malgré toutes les peines que celui-ci
se donnât pour gagner son amitié. Le
Major alla même jusqu'à le tirer à
l'écart, et le gronder sur sa mauvaise
humeur. Il faut pardonner et oublier,
Hennig! Tiens, si Seibold savait que
tu es là debout sans bouger, il te....
Pense à la cinquième prière, mon
garçon. — Hennig serra la main de
son oncle, et cependant resta toujours
immobile et froid comme auparavant.
C'était fort naturel, la petite avait jasé.
— L'hypocrite! dit-elle à l'oreille à son
frère; maman lui a dit: ton bonheur

dépend de ton oncle... Vois à présent comme il le flatte.

Cette découverte fit naître dans le cœur de Hennig un profond mépris pour son frère, pour qui il sentait déjà de l'aversion. Il ne comprenait pas comment on pouvait flatter qui que ce fût ; il comprenait tout aussi peu comment le bonheur de son frère se trouvait entre les mains du Major ; car, bien que bon calculateur, il n'avait encore jamais pensé à sa fortune future. Quoiqu'il en soit, le bonheur de son frère était dans les mains de son oncle ; il n'avait pas besoin d'en savoir davantage pour taire l'hypocrisie de Charles, et pour lever les épaules à tous les reproches du Major.

La femme du Chambellan remarqua que sa nouvelle victoire serait toujours incertaine, tant que Hennig serait à Sollingen. Elle alla donc s'asseoir auprès du Major, et commença à lui parler de son fils. Je pense souvent avec inquiétude, dit-elle, à ce que la Providence veut faire de mes deux chers fils ?

—La Providence, répliqua le Major, a donné des parens aux enfans, pour en faire des hommes vertueux, et pour leur conseiller le choix d'un état.

—Je le pense de même, mon frère.

—Alors elle fit de l'état militaire une longue apologie, qu'elle termina par ces mots : mon aîné est trop faible pour être militaire, sinon il prendrait du service plutôt que plus tard. Mais quant à mon bon Hennig, vous lui avez donné, mon frère, une éducation qui doit en faire un jour un fier soldat. Il monte à cheval, il fait des armes, il....

—Il ne sera point soldat, dit séchement le Major, j'ai de bonnes raisons pour cela.

—Vos motifs sont sans doute raisonnables ; mais je croyais à cette possibilité, puisque vous aviez été vous-même militaire.

— C'est justement pour cela, ma sœur. Je connais cet état-là mieux que vous. Il faut qu'il y ait des soldats ; et si notre chère patrie venait à être at-

taquée, je paraîtrais moi-même encore
une fois dans les rangs, dussé-je prendre un fusil; mais sans cela... il n'est
point d'état plus pénible au monde,
je l'ai bien senti. La subordination est
nécessaire. Quand on fusillait un homme
qui s'était écarté d'une ligne, mon cœur
nageait dans les larmes; je me sou-
haitais la mort, mais je me taisais et
me contentais de penser : il faut que
cela soit. Grand Dieu ! sois loué de ce
que, dans ton paradis, il n'est plus question de subordination, de guerres, ni
de chicanes ! Prends pitié de l'ame du
malheureux, et pardonne-nous d'être
obligés de la bannir de ce monde ! ...
Tenez, ma sœur, Hennig n'est pas né
pour la subordination, cela convien-
drait mille fois mieux à Charles. ...
D'ailleurs, je voudrais que vous vissiez
une fois un champ de bataille où l'on
s'est escrimé chaudement. Quand l'affaire était expédiée. ... (Grand Dieu !
tes enfans n'en auraient pas la force)!
quand j'avais nettoyé mon sabre tout
couvert de sang, alors... — Il branla

la tête, et des larmes coulèrent furti-
vement de ses yeux. — Non, Dieu préserve Hennig de voir jamais ce que j'ai
été obligé de voir et de sentir ! Ter-
rasser un homme, l'image de Dieu et
de mon frère ! Ah ! . . .

— Eh ! mon Dieu ! que voulez-vous ?
Ce sont des ennemis, mon frère ; et
le prince ou le roi que l'on sert, l'or-
donne.

— Si mon père eût demeuré une
couple de lieues plus au midi, ils seraient amis. Ce sont des ennemis sans
doute, mais pourtant des hommes.
Savez-vous ce que je priais toutes les
fois en particulier, quand le vieux
Major criait : *en avant, marche !*...
Je priais : Mon Dieu ! fais-moi la grace
de m'envoyer, par le premier boulet de
canon, un billet d'entrée pour l'autre
monde. ( Vous saurez que les soldats
disent vulgairement : chaque boulet a
son billet ; cela n'est pourtant pas vrai,
car l'aumônier me l'a souvent répété ).
Je n'ai point reçu de billet, et tant
mieux, car à présent je puis dormir,

sans entendre autour de moi les gémissemens et les soupirs des mourans.
Les trois premiers ans après la guerre,
je ne le pouvais pas. Si j'avais su tout
cela dans ma jeunesse, je ne serais pas
entré au service du grand Roi, mais
je serais resté paisiblement dans les
états de notre Prince. Non, non, Hennig
ne sera point soldat, à moins qu'il n'y
ait nécessité, et lorsque la patrie manquera de défenseurs : alors il le faudra
bien.

Madame de Halden se tut, car chez
le Major, il n'y avait qu'un pas de la
profonde émotion à l'extrême colère ;
et il ne s'emportait jamais aussi facilement, que lorsque les larmes s'arrê-
taient dans ses yeux, ou lorsqu'il éprouvait quelque saisissement de cœur : et
puis, le plan d'éloigner Hennig était détruit ; il lui fallut donc s'en rapporter à
elle-même et à son Charles. Dans le fait,
tous deux réussirent ce jour-là à gagner
à un haut degré les bonnes graces du
Major, car il croyait plutôt à tous les
vices et à tous les crimes des hommes,

qu'à l'hypocrisie, la plus vile des bas-
sesses, dont son cœur loyal ne pouvait
se faire la moindre idée. Il fut content
de Charles , de sa belle-sœur et de son
frère. Pour le gagner encore mieux,
on fit manger à table la bonne et le
gouverneur, et madame de Halden leur
parla à tous deux fort poliment.

Lorsqu'Emilie vit que sa mère était
si aimable et si officieuse envers son
oncle, elle jeta le plan de tirer parti
à son avantage de cette bonne intelligence. En se promenant avec le Major,
elle lui manifesta le desir d'aller passer
un mois près de sa tante. — Mon cher
oncle ! dit-elle, je vois si rarement
ma tante et mon frère Hennig ; et la
petite Annette doit aussi être bien
grande à présent ? Ah ! je voudrais une
fois rester bien long-tems à Sollingen ;
et puis, M. Seibold est si bon , et je
l'aime tant !

— Eh bien ! Emilie , viens avec nous,
dit le Major.

— A la bonne heure , répliqua
Emilie, en faisant de petits yeux ; mais

il faut que cher oncle en parle à maman : si j'en parle, point de permission. Et puis, cher oncle doit encore prier maman de laisser venir aussi Charles à Sollingen ; Charles n'y viendra pas, je le sais, mais alors maman me donnera plus facilement la permission.

Le Major sourit de voir que, pour une pareille bagatelle, il fallût tant de cérémonies ; mais Emilie savait bien ce qu'elle faisait, et elle recommanda encore une fois à son oncle de demander d'abord Charles, et de ne la demander elle-même que lorsqu'on aurait refusé pour son frère.

Ecoute, Emilie, dit le Major, tu en agis avec ta mère comme avec une ennemie ; cela n'est pas bien, ma fille : point de détour avec tes parens.

— Mon cher oncle, avec vous je serais toujours bien franche, je vous dirais tout au monde, tout ce que la bonne me confie ; mais il n'en est pas ainsi avec maman. Si vous faites autrement, cher oncle, je n'irai pas avec

vous, et cependant je voudrais si bien
aller une fois à Sollingen, car je vous
aime tous, oh ! de tout mon cœur.

— Est - ce vrai ? eh bien ! je ferai
comme tu le dis, ma chère Emilie.
— Le Major pria sa belle-sœur de lui
donner Charles pour un mois. Elle
devint pensive, et allégua des motifs
d'excuse, qui, visiblement, n'étaient
nullement fondés ; car elle savait trop
bien que Charles ne pourrait pas jouer
pendant huit jours son rôle étudié
avec le Major. Pour sortir d'embarras, elle proposa d'elle-même Emilie,
et la petite répondit *oui,* d'un ton à
faire croire qu'elle mettait peu d'importance à ce voyage.

Le Major pensait : bon Dieu ! est-il
possible, qu'une mère puisse perdre
ainsi la confiance de son enfant ! —
Emilie reçut de sa mère quelques règles
de conduite, et partit ensuite pour
Sollingen. La bonne fut obligée de
rester à la maison, malgré le plaisir
qu'elle aurait eu à être du voyage,
car madame de Halden ne se fiait pas

à elle. Emilie claqua des mains, lorsqu'elle eut Moorberg derrière elle, et s'élança avec joie dans les bras de sa tante, en descendant de voiture à Sollingen.

Seibold fut bien content de revoir cette jeune fille, qui lui était attachée avec tant d'enthousiasme et avec une sincérité enfantine. Le Major lui confia Emilie, en lui observant qu'il avait à extirper de l'ame de cette enfant un trait qui ne lui plaisait pas du tout : pensez un peu, elle complotte déjà contre sa mère !

— C'est le fruit des romans de sa gouvernante, répondit franchement Seibold ; voilà ce qui a fait travailler l'imagination de cette enfant ; mais je vous en réponds, M. le Major, le cœur d'Emilie est sans tache. Il faut pourtant arracher ce trait, vous avez raison. Ce serait dommage, si l'on n'établissait pas aussi un meilleur ordre dans la tête de cette fille. Je remercie le Ciel qu'elle soit ici ; j'espère bientôt

chasser ces idées romanesques d'amour,
de fidélité, etc.....

Seibold donna cette assurance avec
la plus intime persuasion ; mais qu'aurait-il dit, s'il eut su qu'il était lui-
même la cause de la présence d'Emilie
à Sollingen, que lui - même jouait un
si grand rôle dans sa tête ? Il se proposa de mettre à bon profit le mois
qu'Emilie devait passer à Sollingen ;
et pour cela il était avec elle depuis
le petit matin jusqu'au soir ; il négligeait même un peu l'instruction de
son Hennig ; il allait promener avec
elle, sondait son cœur, et il trouva
bientôt que les idées romanesques
avaient plus de consistance qu'il ne
l'avait cru d'abord, et que sa tête renfermait déjà mille pensées auxquelles
ne s'était pas attendu. Elle avait
dévoré les livres de sa bonne. Sans
doute son innocente ignorance donnait
tous ses tableaux un coloris particulier, que l'on aurait pu facilement
attribuer à l'imagination d'un enfant;

mais un observateur aussi atttentif
que Seibold ne manqua pas d'y lire
la vérité. Parvenir à lui faire oublier
ces sensations, ces images fausses,
c'était de toute impossibilité, comme
Seibold en fit bientôt la remarque. Il
ne lui restait donc qu'à développer ces
sentimens, à éclaircir ces idées obs-
cures, et à lui montrer que ce n'était
que des songes dont elle ne trouverait
jamais dans le monde la réalité. C'était
précisément ce qu'il fallait faire, pour
que ce cœur, trop prématurément sensible, ne devînt pas tôt ou tard la proie
des sens. Seulement, un autre devait
s'en charger et non pas lui, qui était
l'unique sujet de cette louche curiosité, de ces desirs et de ces rêveries.
Il parlait avec Emilie comme avec
une personne formée, parce que le
genre de ses entretiens le rendait nécessaire. Elle ne manqua pas de remarquer cette distinction, se sentit
très-honorée de la confiance de Seibold,
et fit tous ses efforts pour se la conserver.

Pour ne plus paraître un enfant, elle faisait semblant de comprendre tout ce que lui disait Seibold. A certaines choses qu'elle comprenait, elle répondait aussi gravement que possible, et laissait passer le reste, sans y répliquer. Elle promettait de faire tout ce qu'il desirait d'elle, de se régler d'après tous ses avis, et elle ne songeait seulement pas à vouloir le comprendre. Elle ne s'occupait que de paraître grande fille et spirituelle, et il la crut vraiment telle ; elle le remarqua à la confiante bonté qu'il lui témoignait. Il crut avoir agi pour le mieux, et lui fit la promesse qu'il voulait être toujours son ami, son conseiller.

Emilie était fort contente, et se sentait avec orgueil au-dessus des autres enfans, parce qu'elle était l'amie d'un nomme, et d'un homme à grands sentimens. Alors, elle s'attacha à Seibold, plus même que son cœur ne le lui dictait, afin que sa froideur ne lui fît pas perdre son amitié. Avec le titre de son

amie,

amie, il lui fallut soutenir un caractère qui, dans le fait, lui était bien
étranger, je veux dire le caractère
d'une fille formée, et elle le soutint
avec beaucoup de fermeté.

Quoique Seibold soupçonnât si peu
ce qui se passait, cependant il n'eût
pas été homme, si l'attachement vif
et sincère de la petite Emilie ne l'avait
pas rendue intéressante à ses yeux. Il
sentait pour elle une tendresse vraiment paternelle, comme pour le petit
Hennig ; mais cette tendresse était en
même tems mêlée d'un sentiment si
doux, si extraordinaire, qu'il aurait dû
éveiller son attention, s'il l'avait mieux
connu.

Un regard de Seibold, un petit clin-
d'œil suffisait, pour qu'Emilie interrompit ses plus favorites occupations,
et toute son attention se dirigeait sur
lui. Quittait-il la chambre ? elle sor-
tait aussi un instant après, et le cher-
chait jusqu'à ce qu'elle l'eût trouvé.
En promenade, elle s'emparait de sa
main, qu'elle ne lâchait point, quel-

qu'étroit que fût le chemin ; et lorsque
par fois le Major les raillait, elle appelait tout cela, de la reconnaissance.

— Cher oncle, disait-elle, je n'aime
personne au monde plus que le bon
Seibold : c'est mon précepteur, mon
ami, mon guide ; et si un jour je viens
à bien, c'est à lui que j'en aurai obligation.

Le Major trouva ces raisons dignes
d'éloges ; il embrassa pour cela Emilie,
et lui dit : aimez - le, nous l'aimons
aussi tous, et Dieu veuille qu'un jour
le mari que tu auras lui ressemble!
— Personne n'aurait cru que ces paroles échappées eussent pu être un
poison pour le cœur de la jeune fille.
A proprement parler, elles ne firent
naître d'abord aucunes pensées dans
l'esprit d'Emilie ; mais elles aiguisaient
ses sens, ce qui devait amener enfin
les réflexions, les projets, les résolu-
tions. Sa bonne, comme nous l'avons
déjà dit, ne parlait jamais plus souvent ;
ni avec tant d'aigreur, que de l'orgueil
nobiliaire, dont elle avait eu tant à

souffrir. Elle se donna toute sorte de peines, pour préserver le cœur d'Emilie de ce vice si ordinaire, et même dans son zèle, elle alla souvent trop loin. Par exemple, elle lui faisait envisager les mésalliances comme une marque d'esprit et d'un cœur généreux, qui s'élève au-dessus des misérables préjugés. Elle traita ce sujet jusqu'à ce que Emilie eut compris ce qu'elle disait et qu'elle voulait faire entendre. Il était donc naturel que ces mots de l'oncle : Dieu veuille que ton mari ressemble à Seibold ! dussent lui rappeler l'article des mésalliances, et lui faire naître l'idée de pouvoir un jour devenir la femme de Seibold. Cela devait lui paraître aussi clair qu'il était possible de l'être dans l'esprit d'un enfant. Bref, il se forma dans le sein d'Emilie un certain germe d'amour, qui s'accrut d'autant plus vîte, que chacun à Sollingen semblait le favoriser à dessein.

Seibold était toute la journée près d'elle, lisait à haute voix, l'instruisait, l'enseignait à pincer de la harpe, la tenait debout devant lui, entre ses jambes, la prenait sur ses genoux, quand elle avait bien étudié, et l'embrassait, lorsqu'elle lui carressait les joues avec son innocence enfantine. Il lui rendait toutes ses caresses, parce qu'il ne savait pas combien il lui donnait. L'oncle et la tante se moquaient sans cesse de ce qu'elle ne quittait jamais son cher Seibold, et lui conseillaient de se faire clouer à lui, pour ne pas le perdre. Le petit Hennig s'échauffait en plaisantant avec elle à ce sujet, et se plaignait qu'elle lui avait fait perdre les leçons et l'amitié de Seibold. En un mot, il arriva à la famille ce qui arrive à bien des mères, relativement à leurs filles; ils ne savaient pas ce qui se développait dans le cœur de la jeune personne. Emilie avait cessé d'être un enfant, et on croyait qu'elle l'était encore.

Elle faisait aussi des progrès étonnans dans ses études; car les caresses de Seibold étaient le prix de son tra-

vail. Elle écrivait des essais que Seibold
montrait à Annette avec admiration ;
on était étonné de voir ces sentimens
dans des essais, sans soupçonner seulement une fois, que quelque chose
d'extraordinaire dût avoir rempli son
ame d'un tel enthousiasme.

Le mois était écoulé. Le Major obtint de la mère encore un mois, puis
encore un autre, et enfin une année
entière. Bientôt, personne ne savait
plus dans la maison, qui il aimait le
mieux, d'Emilie ou du petit Hennig ;
mais chacun savait qu'Emilie n'aimait
que Seibold ; en effet, elle ne paraissait faire bonne mine aux autres, que
parce que Seibold le voulait.

Seibold lisait.avec elle des écrits his-
toriques, mettait de côté tous les poëtes,
et lui défendait même d'en lire. Emilie
faisait sa volonté, malgré toute la peine
qu'elle ressentait de ne pouvoir jouir
des ouvrages, dont quelques morceaux
récités par Hennig lui avaient tant plû.
Mais.qu'avait besoin de poésie un cœur
où l'amour avait pris tant d'accroisse-

3

ment? le style de Hennig était toujours prosaïque, malgré les vers qu'il lisait; et tout ce qu'Emilie écrivait était poétique, quoiqu'elle n'eût jamais eu un poëte dans les mains. Seibold craignait l'essor romanesque de son imagination, essor dont il ignorait la cause, et se donnait toute sorte de peines pour affermir son caractère. Il tâcha d'éveiller en lui une noble fierté qui méprise la vie comme une bagatelle, et ne connaît que l'accomplissement de ses devoirs. Il n'eut pas de peine à lui inspirer une profonde aversion pour les grossières jouissances des sens; il lui représenta comme le souverain bonheur, d'être maître de soi, de ne pas se laisser dominer par les sentimens, encore moins par les sens, par la douleur ou par la joie. Il offrit des traits d'une mâle grandeur, pour contrebalancer le petit enthousiasme de son ame. Il lui lut l'histoire des Arria, des Porcia, et de toutes les célèbres Grecques et Romaines. Ce que la patrie avait fait chez ces héroïnes, le devoir et la vertu

le faisaient chez Emilie ; et dès ce
jour, elle commença à être réservée
et simple pour des bagatelles , bien
entendu, pour des enfantillages ; mais
en tout ; son caractère prenait la forme
que Seibold voulait lui donner. Elle ne
faisait plus de toilette , car elle pensait
à la mère des Gracques ; elle ne pleurait plus , car les plus fameuses Romaines n'avaient pas versé une larme
dans leur deuil ; elle s'efforçait de parler avec simplicité et concision , parce
que les dames de Sparte le faisaient
aussi.

Cette fierté , cette réserve , devint
une nouvelle flamme dans son cœur ,
et ainsi elle trompa de nouveau Seibold. Elle était devenue fière , pour
mépriser tous les obstacles à son amour ;
inaccessible à la douleur et à la joie,
pour rester fidelle à son ami ; froide
envers la plupart des hommes , parce
qu'ils n'avaient point de part à son
amour. Seibold s'étonnait de l'empire
que cette fille avait sur elle-même.

Vint enfin le jour de la séparation ,

4

malgré qu'on eût tant cherché à l'éloigner. Depuis trois jours, le Major était fort inquiet, craignant d'entendre les plaintes de la jeune fille. — Prends-garde, dit-il à Annette, cela ira mal, si Emilie doit se séparer de Seibold. — Il était déjà jour. Emilie parut, les yeux rouges, le visage pâle. Seibold la prit par la main, et lui dit : Emilie, il t'en coûte de nous quitter, mais c'est ton devoir ; je n'ai rien de plus à te dire. — Emilie le regarda fixement, et ses larmes s'arrêtèrent dans ses yeux. Elle parla à son oncle d'un ton sérieux, mais pourtant amical. Lorsque le bruit de la voiture se fit entendre, ses paroles sortirent d'un ton larmoyant ; cependant, elle sut se contenir. — Adieu ! s'écria-t-elle tout-à-coup, et elle franchit les escaliers, s'élança dans la voiture, et cria au cocher : allons vîte !

Tous, dans la chambre, s'entre-regardaient avec de grands yeux, et le Major dit : en vérité, Seibold, vous avez donné à cette fille le caractère d'un homme, sans faire le moindre tort à

son ame. — Seibold était si accoutumé
à voir Emilie, que les premiers jours
après son départ, il paraissait anéanti,
et courait ça et là, comme un délaissé.
Lorsque le Major disait à Annette, en
badinant : il est, ma foi ! aussi amoureux d'elle, qu'elle l'est de lui ; alors,
Seibold répondait : oui, M. le Major,
je n'ai jamais aimé personne aussi tendrement que cet enfant : mais aussi
vous ne croiriez pas, quelle belle ame
possède notre Emilie !

Madame de Halden n'avait pas vu
sa fille depuis un an ; car elle ne vint
pas à Sollingen, sous le prétexte qu'elle
ne pouvait supporter la voiture ; mais,
à proprement dire, pour ne pas donner le titre de belle-sœur à une ex-
femme-de-chambre. Emilie avait alors
quatorze ans, mais on lui en aurait
donné quinze, tant tous ses traits
étaient formés. La mère fut étonnée
de revoir Emilie, qui avait acquis
quelque chose de distingué dans sa
démarche, de grand dans son port,
de fier dans sa physionomie. Elle avait

5

redouté le premier abord de sa fille.
— Tu vas voir, dit - elle à son mari,
quelques jours avant le retour, comme
Emilie aura l'air d'une paysanne. J'aurai à lui prêcher pendant deux ans,
avant qu'il ne paraisse plus qu'elle ait
la mine d'une fille de ministre ou de
quelque chose de moins. — Telles
avaient été ses craintes. Alors Emilie
entra avec noblesse dans la salle. La
mère ne put cacher sa satisfaction, et
s'écria : eh! eh! sois la bien venue,
ma chère fille! mon Dieu! cher enfant,
tu es, en vérité, devenue aussi belle
que Vénus. Eh! mon Dieu! la belle
démarche qu'a cette fille! en vérité,
comme une Reine. Est-ce que le beau-
frère avait là bas un maître de danse?
tourne-toi donc encore une fois. Mais,
mon cher mari, regarde-donc; tu es
pourtant son père.... En vérité! mur-
mura-t-elle, à demi-voix, cette fille est
un ange.... Mais, Emilie, tes mains!
est-ce que cet avare (allais-je dire), est-
ce que ton oncle ne t'a pas fait garder
une fois tes gants? bon Dieu! tes bras

sont tout brunis par le soleil. Je m'en doutais bien. Mais comme cette fille s'est développée ! en conscience ! Emilie, il faut que je songe bientôt à la noce.

Autant la mère avait été contente d'abord, autant fut-elle mécontente, lorsqu'elle examina Emilie de plus près. Il s'était introduit, dans cette fille, un esprit de contradiction, et je ne sais quoi de singulier, que la mère ne pouvait comprendre, qui lui donnait de la peine et des craintes, tout-à-la-fois. Emilie, par exemple, refusait certaines pièces d'habillement, et ne les portait point. La mère demandait-elle pourquoi ? Emilie en donnait les motifs avec calme, et la mère de gronder selon sa coutume, de soutenir qu'il fallait faire comme les autres, que la mode était la mode. Pendant que la mère parlait, Emilie se débarrassait fort tranquillement, et selon sa volonté, de l'habillement dont il était question. La mère continuait à sermoner, et Emilie, avec le plus grand sang-froid, disait :

6

je vous obéirai avec plaisir, chère maman, sitôt que vous m'aurez apporté
un seul bon motif à votre volonté; car
la mode n'est pas pour moi un motif.
Ce que je porte est aussi de mode, et
de deux modes, je choisis toujours la
plus décente et la plus simple. — On
en resta là, car la froideur d'Emilie
ne permettait pas qu'on en vînt à une
dispute.

Il en était de même avec le frère
Charles. Ce jeune homme avait pris
un ton impératif auprès de chacun, et
même auprès de son père et de sa
mère; mais Emilie fut assez hardie,
pour ne pas lui obéir. Sans s'abaisser
à une chicane avec lui, lorsqu'il voulait faire le maître avec elle, elle se
contentait de le regarder fixement, et
de lui dire avec calme: tu le veux; eh
bien! moi, je ne le veux pas. — Ce qu'il
y avait de plus inconcevable pour
Charles, c'est qu'elle lui rendait, avec
cela, de petits services, auxquels il
était loin de s'attendre, et souvent au
moment même où il venait de la trai-

ter avec peu d'égards. Bref, Emilie
était une singulière créature, qui pouvait s'accommoder avec tout le monde
de la maison, excepté avec sa mère
et son frère. La mère s'en plaignit à
son mari. — Vois, ton frère vient encore de nous jouer un de ses jolis tours;
il a aigri Emilie contre Charles et contre
moi. Voilà ce qu'est ton généreux frère;
un diable entre les parens et les enfans!

Si, en présence d'Emilie, l'entretien
tombait sur le compte du Major et de
son frère Hennig, elle laissait sa mère
débiter tout ce qu'elle voulait ; mais si
Charles s'en mêlait, elle le regardait
fixement en face. Poursuivait-il ? Alors
elle disait : Charles, tu es un pauvre
homme. Une seule des qualités de ton
oncle ou de ton frère te rendrait déjà
bien estimable. — Charles redoublait
alors, et enfin lorsqu'on permettait à
Emilie de parler, elle soutenait avec
chaleur son assertion, sans répondre
aux injures.

Ce qu'il y avait de plus surprenant
dans tout cela, c'est que la mère, malgré

la peine que lui causait la conduite
d'Emilie, n'osait pas la traiter avec
dureté. Dans une semblable dispute
entre Emilie et Charles, la mère leva
une fois la main et s'écria avec vivacité : Emilie ! — Mais Emilie la regarda
d'un air calme, pourtant respectueux,
et lui dit : je vous en prie, ma mère
ne me traitez pas ainsi. Je dis ma façon de penser, comme Charles dit la
sienne. Votre amour pour lui ne vous
donne pas le droit de m'ordonner le
silence. — Madame de Halden rougit
de honte, laissa tomber le bras qu'elle
avait déjà levé, toussa d'un air embarrassé et rompit tout-à-coup la conversation. Le père se tût, quoiqu'il desirât
le triomphe du côté d'Emilie, et pendant quelques minutes le silence régna
au milieu de la famille.

Malgré une telle scène, la mère ne
tarda pas à se raccommoder, sa vanité
se trouvant si flattée à cause d'Emilie.
Se trouvait-il société à Moorberg, et
Emilie entrait-elle au sallon ? la mère
rougissait de dépit, voyant la mise

unie et simple de sa fille ; mais une
demi - heure après , le dépit était dis-
sipé. Emilie entrait en conversation
avec quelqu'un de la société , qui ,
debout devant elle , semblait l'écouter
avec une attention mêlée de respect.
Elle ne parlait que de choses ordinaires,
de la nature , des pauvres du village ,
des derniers incendies , des malheureux , de son oncle , de sa tante , de
son frère ou du vieux Hennig ; mais
quel homme aurait pu détourner les
yeux de cette bouche souriante , de ces
regards pleins de feu , de cette commisération expressive , de ces célestes
ravissemens !

Quand la mère remarquait un tel
entretien , elle s'approchait d'un air
gracieux et écoutait à part tous les
mots qui sortaient de la bouche d'Emilie. Le sujet de la conversation ne lui
plaisait pas toujours ; mais les respec-
tueuses réponses de l'étranger le lui
faisaient bientôt oublier. La conversation cessant, elle s'approchait de l'inter-
locuteur et lui disait : vous avez beau-

coup causé avec mon Emilie ; pardon, si elle vous a ennuyé. La réponse de l'étranger était pour elle un précieux encens qu'elle savourait à longs traits. Ses yeux suivaient sans cesse Emilie, tant que la société était là ; elle admirait le ton d'assurance que prenait partout sa fille, et ne se fâchait que lorsque le premier venu ou même une demoiselle s'emparait de la parole, parce qu'alors Emilie se taisait et ne faisait pas même une mine dédaigneuse.

Emilie ne parlait jamais français, quand elle pouvait s'en dispenser, malgré la facilité qu'elle avait à parler cette langue, et malgré les fréquentes occasions que sa mère lui donnait d'étaler son savoir. Pour l'y forcer, on invitait souvent un pauvre Français du voisinage ; alors Emilie ne s'entretenait avec lui qu'en français, parce qu'il parlait fort mal allemand.

Pareillement elle ne voulait jamais pincer de la harpe en société, quoiqu'elle cultivât encore avec passion cet instrument. Si par fois elle y était con-

trainte par les prières de toute la société, elle jouait, mais à coup-sûr plus
mal que jamais, et savait ramener si
adroitement la conversation sur tout
autre sujet , que la harpe était bientôt
oubliée.

Cette conduite lui avait été recom-
mandée par Seibold, dont elle suivait
très - strictement les avis. Elle était en
correspondance avec son ami et lui rendait compte de tout, de sa conduite,
de ses pensées, de ses sentimens. Quoique Seibold écrivît peu volontiers des
lettres, il n'en laissa pourtant aucune
d'Emilie sans réponse. Il regardait
comme un devoir, de prendre part à
ce qui concernait cette chère fille, malgré l'éloignement, et lui traçait des règles de conduite envers sa mère, envers
son frère et même envers sa bonne.
Celle - ci revit avec une joie indicible
Emilie, après une absence d'un an ;
mais elle trouva aussi son élève bien
changée. Cette confiance naturelle
qu'Emilie lui avait jadis témoignée,
prit alors une autre forme ; c'était

plutôt la confiance d'une sœur, d'une
amie. Emilie refusa une fois pour toutes
à sa bonne de lire des romans; mais
les rêves de cette mélancolique institutrice qu'elle ne pouvait pas s'empêcher
d'entendre, lui furent aussi pernicieux
et peut-être plus que les romans qu'elles
avaient coutume de lire ensemble.

Emilie ne manquait pas de raconter
à Seibold ses entretiens avec la bonne;
mais elle omettait une petite circons-
tance, elle ne disait pas le plaisir que
lui causaient ses récits. Au contraire,
elle lui répétait tout ce qu'il lui avait
débité sur cet article, et d'un style si
naturel, qu'il était tout à fait rassuré.
Emilie ne savait pas elle-même qu'elle
trompait son maître.

Alors les entrevues secrètes recom-
mencèrent de nouveau; Emilie avait
tant de choses à dire à Seibold, qu'elle
croyait ne devoir pas écrire; ainsi, il
fallait bien qu'il vînt de tems en tems
lui rendre visite. Venait-il? alors son
cœur était si plein de joie, qu'elle oubliait chaque fois ce qu'elle avait à lui

demander , et le priait de revenir une
autre fois., pour qu'elle pût s'en ressouvenir.

Seibold aurait dû remarquer , s'il eût
été un méchant homme , que les sentimens d'Emilie étaient plus que d'amitié.
Tous les jours où il devait venir , Emilie
l'attendait une heure d'avance , courait
à lui en poussant un cri de joie , et était
si tendre , si agitée , si émue ! Il commençait déjà lui-même à éprouver les
mêmes sensations , lorsqu'il voyait cette
jeune fille ; mais cet amour croissait
dans un sol si extraordinaire , que peut-
être de plus habiles connoisseurs que
lui s'y seraient mépris.

Emilie était encore enfant; comment
Seibold aurait-il pu seulement songer
qu'elle fût dangereuse pour lui ? Elle
était riche et de famille noble ; ce
souvenir l'induisait en erreur , lorsqu'il songeait à la nature de ses sensations. Si Emilie eût été de sa condition , probablement il lui serait venu
quelquefois à l'esprit , que peut-être
par la suite il pourrait devenir heu-

reux, par la possession de cette fille.
Cette pensée seule eut suffi pour l'engager à déclarer à Emilie son inclination ; mais comme d'après sa manière
de voir, cette idée ne pouvait jamais
naître, ses sentimens restaient toujours
dans le mystère.

Il était enthousiaste en amitié, et
là il trouvait un cœur qui se livrait
à lui sans réserve. Emilie, de son côté,
ne pouvait rien faire pour découvrir à
son ami ses sentimens secrets. A l'aide
de ses romans, elle eut bientôt remarqué qu'elle éprouvait pour Seibold plus
que de l'amitié ; mais Seibold tournait
l'amour en ridicule , soutenait que
c'était la sensualité déguisée , et avait
mille fois prémuni son élève contre
cette passion. Pour plaire à son cher
précepteur, Emilie parlait comme lui,
donnait aux sentimens qu'elle lui portait le nom de reconnaissance, d'estime, et croyait franchement que ce
n'était rien de plus. Comme elle se
sentait heureuse de la possession de
son ami , elle s'inquiétait peu sous

quelle dénomination elle le possédât.

Ainsi crût cet amour à l'insçu de tout le monde, et insensiblement les cœurs de ces deux amans furent tellement unis l'un à l'autre, qu'aucune puissance n'était capable de les séparer, sans les briser. Peut - être le tems et l'éloignement eussent pu étouffer une passion d'une si singulière origine, si la mère elle - même, sans le vouloir, n'avait présenté à sa fille le poison de l'amour, dans le vase le plus attrayant.

Le vieux Français vantait les progrès d'Emilie dans la langue française. — Madame, dit-il en mauvais allemand, ne faites lire à votre aimable fille que du français. Il ne lui manque pardieu! que d'oublier totalement l'allemand; son style est trop froid, trop diffus, pas assez animé. Il faut qu'elle lise les meilleurs écrivains français, et, au nom du Ciel! rien de sérieux, quelque chose qui forme le sentiment. Je viens de recevoir un livre; à la vérité l'auteur n'était pas Français de naissance, mais digne pourtant d'être né à Paris;

c'est la *Nouvelle Héloïse*. Faites apprendre ce livre par cœur à mademoiselle Emilie. Paris en est enchanté.
Quel style ! Il surpasse toute idée,
toute imagination. Je l'ai reçu de Baslè.
C'est adorable, délicieux : Mademoiselle, je vais vous l'envoyer. Vous
verrez comme ce livre est beau, au-
delà de toute expression.

— Quel livre est-ce donc, demanda
Emilie ?

— Un roman, ma charmante déesse:
Lettres de deux amans. Oh ! vous
n'avez jamais rien lu de semblable.

— Je ne le lirai pas ; on m'a défendu
ces sortes de lectures ; c'est un poison
dangereux.

— Un poison ! quel pédant vous a
dit cela ? Je vous dis que Paris en est
enchanté, et qu'il n'y a point de livre
au monde qui forme mieux le style
que celui-là. Il faut le lire, il faut que
vous en fassiez lecture à Madame votre
mère.

— Oui, je le veux, Emilie, dit
madame de Halden, qui, à coup sûr,

ne savait plus guère de Français.
D'ailleurs, j'ai besoin de me remettre
à l'étude de cette langue ; à la campagne on oublie tout. Vous n'avez
qu'à l'envoyer.

Le Français l'envoya ; mais Emilie
pensait à Scibold, et il ne fut pas
possible de la déterminer à en faire la
lecture. — Au moins, tu écouteras,
dit la mère avec humeur, et elle fit
appeler la bonne. Assieds - toi là,
Emilie. Lisez, Mademoiselle ! et toi,
Charles, fais aussi attention.

La bonne commença d'une voix tremblante. Emilie se disait à elle-même :
e suis maîtresse d'écouter ou de ne
)as écouter. Aussi n'entendit-elle pas
es premières périodes ; mais bientôt
quelque chose fixa son attention. A ce
)assage de la première lettre : « J'ose
› me flatter quelquefois que le Ciel a
› mis une conformité secrète entre nos
› affections ainsi qu'entre nos goûts...
› Nous avons des manières uniformes
› de sentir et de voir : et pourquoi
n'oserais - je pas imaginer dans nos

» cœurs ce même concert que j'apper-
» çois dans nos jugemens ? » Emilie
crut entendre parler Seibold..... La
bonne continua.

« Quelquefois nos yeux se rencon-
» trent ; quelques soupirs nous échap-
» pent en même tems ; quelques larmes
» furtives..... ô Julie ! si cet accord
» venait de plus loin.... si le Ciel nous
» avait destinés !.... » Emilie écoutait
avec la plus grande attention et soupirait. Sa lettre à Seibold et sa manière
d'agir à son égard, lorsqu'il était près
d'elle, étaient si exactement décrites,
qu'elle fut fort émue. La seconde et
la troisième lettre la jetèrent dans une
agitation plus vive encore ; il semblait
que Seibold lui écrivît. L'illusion étoit
si forte, qu'elle voulut se lever, pour
cacher son trouble ; mais la mère lui
ordonna de rester assise. La bonne
poursuivit sa lecture. Emilie, qui paraissait ecouter à peine, dévorait tous
les mots, et chacun d'eux allumait une
nouvelle sensation dans son cœur, un
nouveau trait dans ses idées. Lorsque
la

la mère commença à s'ennuyer et fit suspendre la lecture ; Emilie rentra sans rien dire avec la bonne dans sa chambre, et alors sentit positivement pour la première fois qu'elle aimait Seibold, comme Julie aimait son précepteur.

Elle se tenait debout devant la fenêtre et regardait à travers les carreaux. — Qu'avez-vous donc, demanda la bonne ? Emilie répondit d'un ton larmoyant : « Puissances du Ciel ! j'avais » une ame pour la douleur, donnez-» m'en une pour la félicité ! » A cette exclamation, elle se jetta vivement au cou de sa bonne, sans pourtant s'expliquer davantage.

Dans la soirée suivante, la bonne reprit la lecture. A la onzième lettre, Charles dit : si cette femme était ma sœur, je la ferais enfermer, et je mettrais les chiens aux trousses de ce fou d'amoureux, pour le chasser de la maison.

Pauvre sire ! s'écria Emilie ; elle se leva, puis se remit tout-à-coup à sa

place. La mère prit le parti de Charles ;
Emilie soutint Julie avec chaleur ;
malgré cela, l'imprudente mère fit
poursuivre la lecture, après avoir traité
Emilie de folle.

A ce passage : « C'est pour cela qu'on
a dit que l'amour faisait des héros »,
Charles éclata de rire. Vîte, la mère
regarda Emilie. Celle-ci se tût ; son
regard était fier et méprisant ; elle sentait combien l'amour lui avait déjà
donné de force, quoiqu'elle ne le
connût pas encore. — Voilà de la belle
drogue, dit la mère. —

Emilie ne put garder plus long-
tems le silence : — Il faut au moins,
dit-elle, commencer par être homme,
avant de devenir un héros ; Charles
n'en sera jamais un, en quelque genre
que ce soit. — Héros d'amour, certai-
nement non, répondit Charles, en
riant aux éclats ; d'ailleurs, j'aurais de
la peine à savoir comment m'y prendre.
— Pour moi, je sens comment on peut
y parvenir, répondit Emilie ; et la sotte
mère fit continuer la lecture.

À la quatorzième lettre, Charles s'écria : mon Dieu ! quel train risible pour un baiser ! — Emilie laissa tomber sa tête sur sa poitrine, sans répondre un mot. Après cette lettre séduisante, elle n'écouta plus attentivement, se livra à de profondes rêveries et poussa de gros soupirs ; néanmoins la mère fit poursuivre la lecture, même jusqu'à la cinquante-troisième lettre. A la fin, elle dit : non, c'est trop fort ! Comment un Français peut-il recommander un tel livre à Emilie et à moi ! Oui, Emilie, si tu me jouais de pareils tours, je ne sais ce que je ne ferais pas. Julie est une libertine, malgré tout son beau caquet. — Ainsi parla la mère pendant quelque tems, pour effacer l'impression faite dans l'imagination d'Emilie ; mais le poison coulait déjà dans ses veines, tout autre à la vérité que ne pensait la mère. Emilie connaissait alors ses sentimens ; elle savait qu'elle aimait Seibold, et ne doutait pas qu'elle n'en fût aimée aussi en retour. Si Seibold

avait eu le moindre pressentiment de
ce qui se passait chez son élève, il
aurait vu, à chaque ligne de la première lettre qu'elle écrivit, toute la passion qu'elle y avait mise. Elle se garda
bien de se servir du mot *amour;* elle
employait en place ceux d'amitié, d'accord des âmes; mais tout était dit avec
tant de feu, que Seibold lui-même
branla la tête en lisant, et fit cette
remarque, en montrant la lettre au
Major : cette fille met par-tout son
cœur de la partie.

Le Major répliqua : pourvu que ce
ne soit pas de l'hypocrisie, mon cher
Seibold ! Les mots sont si bien placés;
il y a dans son style tant de soupirs et
d'exclamations, que l'on s'imaginerait
qu'elle prend congé de vous pour toujours. — Ce n'est sûrement point de
l'hypocrisie, répartit Seibold avec chaleur. — Eh bien ! il faut donc qu'elle
ait tâté une fois du vin du frère Christophe, car personne n'écrit ainsi de
sang-froid. —

Le Major saisit presque la vérité. S'il

eût eu la connaissance d'un autre amour que le sien qui n'osait pas autant soupirer, il aurait découvert le secret à Seibold ; mais on n'alla pas plus loin.

Lorsque Seibold vint voir Emilie la prochaine fois, elle l'accueillit d'un air inquiet et timide, avec une tendre réserve. Il aurait pu remarquer alors qu'elle ne venait plus, comme autrefois, se jeter en riant dans ses bras, et lui donner un baiser. Lorsqu'il là prit entre ses bras ce jour-là, comme de coutume, elle rougit, et son cœur battit plus vîte. Tantôt elle sentait tout ce que Saint-Preux avait éprouvé au premier baiser de son amante ; tantôt elle s'imaginait avoir tous les sentimens que Rousseau décrit, et elle les éprouvait à la vérité insensiblement.

Pendant l'heure entière que Seibold resta près d'elle, elle fut si agitée, si plongée dans ses méditations, si intérieurement occupée, et pourtant si tendre, qu'elle fit partager sa passion à son ami. Seibold sentit alors pour la première fois qu'il tenait une fille

3

dans ses bras. Il se trouvait ému, sans
savoir pourquoi. L'ancienne confiance
expira au milieu des caresses d'Emilie.
Elle fut remplacée par une espèce de
honte mêlée de respect, et le *tu* ne
voulait plus sortir de ses lèvres. Jamais
il n'avait parlé avec Emilie si peu, ni
si mal que ce jour-là, et jamais le
tems ne lui avait paru s'écouler aussi
vîte. Cette fille lui sembla alors plus
charmante que jamais, sa figure plus
aimable, sa taille plus svelte, ses bras
mieux arrondis. Il se dit en lui-même
pour la première fois : quelle est jolie!

La perspective la plus éloignée, la
plus faible espérance de pouvoir un
jour appeler Emilie sa femme, lui
aurait bientôt appris ce qui se passait
en lui ; mais le rang de sa naissance
ne lui permettait pas de développer
ses sentimens. Il faut dire qu'il rêva
pendant la moitié du chemin en retournant à Sollingen, et sentit un certain desir qui avait Emilie pour objet ;
mais insensiblement il reprit sa bonne
humeur.

Emilie, de son côté, revint à la maison, rapportant dans son cœur un trait brûlant. Elle prit Héloïse, qui était encore sur la table de sa mère, et lut dans sa chambre le reste du premier volume. Ce livre fit sur son cœur la plus grande impression, et bientôt elle brûla pour Seibold de tous les feux de l'amour. Elle sentit en même tems qu'elle était déterminée à faire plus que Julie, pour parvenir à la possession de son amant. Elle embrassa, avec toute la ténacité dont elle avait si besoin auprès de sa mère, la résolution de ne jamais être la femme d'un autre homme que Seibold.

La position de Julie était d'une ressemblance si frappante avec la sienne, qu'elle pouvait presque s'appliquer page pour page à elle et à Seibold les brûlantes lettres du roman. Elle avait même une Claire, si elle le voulait; c'était la bonne. Il ne manquait plus rien à tout ce roman qu'elle avait déjà dans la tête, qu'une lettre où Seibold lui découvrit son amour; mais elle l'at-

tendait toujours en vain. Elle avait déjà
cru auparavant que Seibold l'aimait;
mais depuis la dernière visite, elle ne
pouvait plus en douter. Car pourquoi
aurait-il été si muet, si réfléchi? pourquoi lui aurait-il lancé des regards si
furtifs, et pourtant si doux? Il m'aime,
se disait-elle à elle-même; oui, il m'aime,
et bientôt l'heureux moment arrivera
où j'aurai de lui dans mes mains des
lettres aussi brûlantes que celles que
Julie recevait de son amant. Son attente lui semblait si certaine, qu'elle
ouvrit en tremblant la première
lettre de Seibold. Elle la lut d'un œil
rapide, et la referma bientôt. Elle fut
affectée de voir qu'elle ne contenait
que la description d'une fête de famille célébrée à Sollingen à l'anniver-
saire de la naissance de Hennig, et
quelques réflexions morales sur les
jours de naissance où Seibold s'était
entièrement livré à sa bonne humeur.
Bientôt après elle examina la lettre dans
tous les sens, afin d'y trouver une tour-
nure qui indiquât de l'amour. Dans le

fait, elle y trouva assez d'amour, mais non de celui qu'elle desirait. Seibold la nommait : ma fille. Autrefois elle entendait ce mot avec plaisir ; c'était aujourd'hui le contraire. Il y avait bien aussi le mot *amie*, mais il avait été employé dans une acception si particulière, qu'il n'avait jamais pu être pris pour le mot *amante*.

Emilie, alors dans sa quinzième année, répandit les premiers pleurs d'une douce affliction ; bientôt enfin elle trouva moyen de renouer le fil de ces beaux songes romanesques qu'avait rompus la froide lettre. — Cette lettre, se dit-elle, est plus froide qu'aucune de celles qu'il m'ait jamais écrites.: Pourquoi cela ? N'y aurait - il pas du déguisement ! Ma condition le retient peut - être ! Craindrait - il aussi de me rendre malheureuse ! Car.... n'ai - je pas lu son amour dans ses yeux? — Elle s'enfonça dans ses idées, se persuada bientôt que Seibold n'agissait ainsi que par une noble fierté, et pour cela, elle s'attacha encore plus fortement à lui.

De beaux jours se montraient alors
en perspective : le brillant spectacle
d'une lutte entre sa grandeur d'ame
et son amour. Elle se réjouissait de
voir arriver le moment, où, dompté
par cette puissante passion, Seibold
viendrait tomber à ses pieds.

Contre l'attente d'Emilie, Seibold
vint au jour fixé et s'avança vers elle
d'un air riant et plein de bonté. Emilie
courut à lui avec l'ardeur la plus pas-
sionnée. Après une demi-heure, pendant laquelle la gaîté libre les avait
fait un peu jaser, Seibold devint rê-
veur, agité, silencieux. Le triomphe
de l'amour brillait déjà dans ses yeux;
mais il prit congé, nomma encore
Emilie sa chère fille, et la quitta sans
s'être trahi par le moindre mot.

Elle revint à la maison en branlant
la tête et pensant à cet entêtement.
L'agitation de Seibold lui donnait à la
vérité la certitude qu'elle était aimée;
mais.... un jeune cœur est impatient.
Elle voulait voir son amant à ses pieds;
elle voulait terminer sa lutte, son mar-

tyre ; elle voulait entendre dans ses bras
et lui répéter à la fois ces doux mots :
je t'aime. Mille motifs l'engageaient à
en venir au dénouement. Elle se mit à
son bureau pour lui écrire , et saisit la
plume avec l'enthousiasme d'une imagination brûlante ; mais , dès les premiers
mots , sa main se sentit arrêtée par la
timidité , la pudeur , la modestie. La
lettre était plus froide qu'aucune de
celles qu'elle lui eût jamais écrites ; et
pourtant ses joues se couvraient d'un
rouge pourpre , au moindre signe d'a-
mour qu'elle lui traçait. Elle déchira
la lettre , et dès-lors ouvrit les yeux sur
des difficultés qui s'opposaient à son
amour.

Un souvenir de son orgueilleuse famille ne resta pas sans effet dans son
cœur. Seibold lui avait souvent parlé
des devoirs qu'elle avait à remplir envers sa mère.—Emilie, disait-il, ta mère
ne te haït pas comme elle haït ton frère
Hennig ; seulement elle ne t'aime pas
aussi tendrement que Charles , mais
plus que tu ne peux le mériter par

l'obéissance la plus ponctuelle et la plus vive reconnaissance. Tâche de gagner son cœur par la soumission et la patience ; respecte sa partialité et montre-lui que tu es digne de sa tendresse , et qu'il ne dépend pas de toi, de ne pas l'obtenir.

Emilie se ressouvint de ces préceptes; alors elle commença à douter qu'elle eût des motifs suffisans d'excuse. Elle résolut à la fin de rester inactive , et de s'abandonner au destin. C'est ce que fait presque toujours celui qui présume devoir être favorisé par le hasard.

Fin du Tome premier.